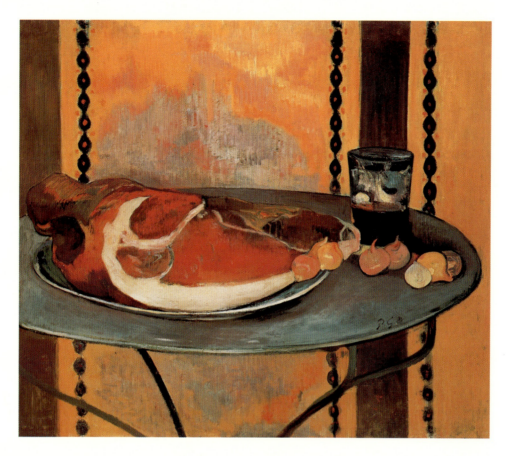

Paul Gauguin, Der Schinken, 1889
The Phillips Collection,
Washington D.C.

» Ich liebe das Edle, das Schöne,
die feinen Genüsse «

Tafel der Wonnen

Auf den Spuren von Paul Gauguin

Text: Diethelm Kaiser
Fotografien: Gregor M. Schmid
Herausgeber: Georg-W. Költzsch

DUMONT

Paul Gauguin, Bretonische Bäuerinnen, 1886, Bayerische Staatsgemäldesammlungen, München, Neue Pinakothek

Köstliches, ›teures‹ Tahiti

7

Bourgeois und Sonntagsmaler

10

Länder des Lichts

21

Die Künstlerkolonie in der Bretagne

33

Provenzalisches Intermezzo:
Wohngemeinschaft mit Vincent van Gogh

55

Die Südsee – ein Traum

62

Das Atelier der Tropen

87

»Ich habe mir immer eine dicke Mätresse gewünscht«:
Gauguin und die Frauen

100

Häuser der Wonnen und des Leids

112

Legende zu Lebzeiten

139

Anhang

141

*Paul Gauguin vor seinem Bild ›Die Schmollende‹, 1891,
heute im Worcester Art Museum.
Fotografie von 1893*

Köstliches, ›teures‹ Tahiti

Georg-W. Költzsch

Im Taxi auf der Fahrt von Papeete nach Faaa sagt der Fahrer: »Es regnet nicht.« Zum Glück, denke ich und schweige. »Es ist Regenzeit, und es regnet nicht«, beginnt er erneut, das Gespräch suchend. Ich antworte: »El Niño.« Und er: »Gott straft uns.« Dabei dreht er den Kopf zu mir und will ein bestätigendes »Oui« hinzufügen. Er spitzt die Lippen, dann zieht er sie für das »i« in die Breite, und ich blicke in die Höhle eines fast zahnlosen Mundes. Mein Taxifahrer ist kaum dreißig Jahre alt. Ich antworte ihm noch, daß die Menschen selbst ihre Strafen organisieren, dann sind wir wieder am Hotel, wo ich Stunden zuvor ein Frühstück mit den delikatesten Früchten genossen habe. Auf dem Rücksitz des Taxis sehe ich beim Aussteigen ein französisches Stangenbrot, ein Baguette, das stundenlang durch die Sonne gefahren wurde.

Tafel der Wonnen? Tahiti ist teuer. Die hohen Preise plagen die Tourismusbranche, von der so viel für die Zukunft Tahitis abhängt. Später erzählt Vincent aus Faaa an der Bar viel über die Lebensverhältnisse in Papeete und auf dem Land und bestellt das sechste ›Hinano Tahiti‹ für uns, ein süffiges tahitianisches Bier, das den Durst der Insel so gut stillt an den Wochenenden. Tahiti ist teuer und köstlich. Teuer wurde es mit der Herrschaft der Europäer. Köstlich sind noch immer die vulkanischen Berge mit den weißen Wolken unter dem fast immer blauen Himmel, der üppige Reichtum der Vegetation in den Gärten am Ufer des Pazifik, der smaragdgrüne Streifen des Meeres in der Lagune und, schließlich, die Schönheit so vieler Gesichter. Die Entdecker der Insel im 18. Jahrhundert konnten den Garten Eden Tahitis nicht hoch genug preisen. Ihre verführerischsten Parolen verlockten noch, als Missionare und französische Siedler mit ihrer Verwaltung die Lebensgewohnheiten und die Lebensbedingungen des paradiesischen Eilandes bereits vollständig verändert hatten. Das prominenteste Opfer des Lockrufes Tahiti wird Paul Gauguin. Weil man, wie er gelesen hat, gerade mal den Arm ausstrecken müsse, um die süßesten Früchte zu pflücken, denkt er, welch eine Tafel der Wonnen, und muß feststellen, daß auch auf Tahiti die Wonnen nicht für umsonst zu erhalten sind.

Man wird die These wagen dürfen, daß er, der einstmals so verwöhnte Großstädter, Paris nie verlassen hätte, wäre er wohlhabend geblieben und hätten Kritik wie Publikum früher seinem Werk die wahrhaft verdiente Hochachtung gezollt. Es klingt nach Künstlerlegende, entspricht aber der Tatsache: Der Not Gauguins in Frankreich, seines zweifachen Hungers nach Brot wie nach Anerkennung verdankt die Kunstgeschichte die Vollendung ihres dritten ›Vaters‹ der Moderne. Auf Tahiti schuf Gauguin jene Bilder, die für die nachfolgende Künstlergeneration zum Modell wurden, für die Entdeckung des Exotischen wie für die Kraft der Farbe als eigenständiger Ausdruck.

Gauguins Entscheidung für Tahiti war am Ende eher zufällig. Er hatte verschiedene Ziele in den Tropen ins Auge gefaßt, freilich immer französische Kolonien. Tahiti schien die Insel der preiswertesten Lebensverhältnisse zu sein und lag am weitesten von Europa entfernt. Den Ausschlag gab wahrscheinlich ein literarisches Vorbild, das Gauguin bereits 1888 mit Vincent van Gogh in Arles diskutiert hatte: der Roman von Pierre Loti, ›Le mariage de Loti‹ – eine Liebesgeschichte auf Tahiti, die 1880 mit großem Erfolg in Paris erschienen war.

Van Gogh träumte von einer ›Wiedergeburt‹ der Malerei in einem ›Atelier der Tropen‹. Gauguin erhoffte sich neue ›Motive für den Markt‹, und er war sich sicher, diese in der Ursprünglichkeit der tahitianischen Kultur und Lebensweise finden zu können. Tahiti sollte sein Paradies für Leben und Kunst zugleich werden.

Die Blindheit der Hoffnung trog ihn. Gauguin hätte wissen können, daß es das Paradies Tahiti, von dem die Weltumsegler Wallis, Cook und vor allem Bougainville im 18. Jahrhundert geschwärmt hatten, schon lange nicht

Kreuzung Boulevard Raspail – Boulevard Montparnasse in Paris, links das neueröffnete Café de la Rotonde.
Fotografie um 1900

mehr gab. Doch Gauguin hielt Kolonien durchaus für eine gute Sache, jedenfalls so lange, bis die zerstörerische Wirkung der Kolonialverwaltung ihn selbst traf. Auf Tahiti war nach hundert Jahren Missionierung nichts von der ursprünglichen Kultur mehr zu finden, und das Leben war überaus teuer in der Hauptstadt Papeete und selbst an der Küste im Süden der Insel. Gauguin war krank und litt Hunger. Ich esse nichts, schrieb er im Herbst 1892, ein bißchen Brot und Tee. Brot und Tee! Und später: Ich esse trocken Brot mit einem Glas Wasser und stelle mir vor, es sei ein Beefsteak.

In den ersten Monaten nach seiner Ankunft auf Tahiti, im Juni 1891, versucht Gauguin, sich in der ihm noch fremden Welt zu orientieren. Er beobachtet die Besonderheiten der Natur und die Lebensweise der Tahitianer und hält beides in stilistisch variierenden Bildern fest: Bilder von großer Schönheit und einem verhaltenen Glück, aber nicht die Bilder, mit denen Gauguin seine künstlerischen Ideen eingelöst sieht und seinen weiten Weg in den Pazifik begründen kann.

Anfang 1892 leiht ein Jurist und Kaufmann in Papeete Gauguin ein Buch, in dem der Händler, Diplomat und Ethnologe Jacques-Antoine Moerenhout (1797–1879) im Jahre 1837 die Mythen Tahitis publizierte, so vollständig, wie er sie selbst 1831 noch auf der Insel hatte erfahren können. Jetzt endlich lernt Paul Gauguin, wovon ihm niemand in seiner Umgebung mehr zu berichten wußte, alles über ›La Nuit‹, die ›geheimnisvolle‹ und die ›vergessene‹ Zeit Tahitis. Und nun entstehen seine berühmten Figurenbilder und die mythologischen Darstellungen, mit denen er Tahiti ein Gesicht gibt, oft ein fiktives Antlitz, aber so prägend, daß Tahiti fortan nicht mehr ohne die ›Augen‹ Gauguins gesehen werden kann.

Vor allem aber entdeckt Gauguin nun, daß die einstmals so glücklichen Insulaner nicht nur ein paar koloniale Häßlichkeiten erlitten hatten, sondern ihre unschuldige Natürlichkeit gegen das ständig schlechte Gewissen der Christen eintauschen mußten. Und erst damit ging ihr Paradies gründlich und endgültig verloren, dem sie in den Bildern Gauguins nur noch nachträumen.

In seinen Briefen läßt Gauguin erkennen, daß er nach Tahiti gereist ist, um doch bald nach Frankreich zurückzukehren. Als er Anfang September 1893 in Paris eintrifft, bereitet er voller Hoffnung auf einen Erfolg übereilt eine Ausstellung seiner tahitianischen Gemälde in der Kunsthandlung Durand-Ruel vor. Die Resonanz ist groß, das Ergebnis für Gauguin niederschmetternd. Im nebligen November 1893 in Paris hatten weder die aufregenden Farben noch die tahitianische Welt Konjunktur. Und bald kehrt der Hunger zurück: der nach Brot und der nach Anerkennung. Gauguin flieht im September 1895 zurück nach Polynesien, zuerst erneut nach Tahiti und 1901 nach Hiva Oa, wo er 1903 stirbt. Diese zweite und endgültige Reise nach Tahiti hat Gauguin ohne Illusionen angetreten. Und während er die wohl schwerste Krise seines Lebens bis zum Versuch der Selbsttötung durchleidet, malt er seine großformatigsten Bilder und vollendet sich seine Malerei in der Darstellung eines glücklichen Tahitis, das Raum und Zeit bereits entrückt ist und sich zu einem wahrhaftigen Paradies gewandelt hat.

Doch gerade mit dem in der Malerei vollendeten paradiesischen Zuständen entsteht zugleich das schönste Denkmal über ihren schmerzlichen Verlust. 1897/98 schreibt Gauguin auf die Innenseite eines mit seinen Drucken geschmückten Buchdeckels »paradis perdu«.

Ich sprach mit Vincent an der Bar über Paul Gauguin, während er erneut ›Hinano Tahiti‹ bestellte. Er schimpfte über die ehemaligen Kolonialherren und über die Politik der Franzosen und sagte: »Wenn du früher gekommen wärst, dann würdest du in meinem Haus wohnen zusammen mit meiner Familie. Wir würden das Essen teilen, das Wasser teilen und die Frauen.« Ich frage ihn: »Wieviel früher?« und er antwortet: »Viel, viel früher!« »Land der Wonnen, Vincent?« sage ich. Sagt er: »Tafel der Wonnen«, lacht, und ich sehe erneut in die Höhle eines fast zahnlosen Mundes. Vincent ist gerade dreißig geworden.

Paul Gauguin,
Innenseite des Einbandes von
›L'Esprit moderne et le catholicisme‹

Bourgeois und Sonntagsmaler

Die Szene bietet den Stoff, aus dem Künstlerlegenden geformt werden: Ein erfolgreicher Börsenmakler und treusorgender Familienvater, der nur nebenher in seiner knapp bemessenen Freizeit zu Pinsel und Palette greift, eröffnet an einem Januarabend des Jahres 1883 seiner vollkommen überraschten, ja bestürzten Gattin, er habe seine Stellung bei einem Versicherungsmakler gekündigt und wolle sich fortan ausschließlich der Malerei widmen. Der Schritt hat tiefgreifende Konsequenzen. Mit einem Schlag sind die Grundlagen ihrer gemeinsamen Existenz hinfällig geworden, ein Abenteuer beginnt, das den bislang soliden Geschäftsmann bis ans andere Ende der Welt und schließlich auf den Olymp der Kunstgeschichte führen wird, ein Abenteuer, das seiner Frau nur als »irrsinnig« und »hoffnungslos« erscheinen kann. Für ihn dagegen ist dieser Entschluß unausweichlich; in ihm meldet sich der Künstler zu Wort, der die unbezwingbare Kraft seines Genius in sich spürt, gegen die Welt des Bürgers aufbegehrt und in einem heroischen Akt die Fesseln abstreift, die ihn an der Entfaltung seiner Fähigkeiten gehindert haben.

Der Künstler als prometheischer Rebell – gerade im Falle Gauguins ist es gewiß nicht leicht, sich der Faszination, die von einem solchen romantisierenden Konzept ausgeht, zu entziehen. Die Unbedingtheit, mit der er nach dem Ausstieg aus der bürgerlichen Sphäre seinem Künstlertum lebt, die existentielle Gefährdung, der er sich dabei aussetzt, oftmals »am Rande des Abgrundes« stehend, die Rücksichtslosigkeit schließlich, die er seiner Familie und auch Freunden gegenüber zeigt, das alles legt es verführerisch nahe, die Person Paul Gauguin zu einem Besessenen zu stilisieren, der einer numinosen Berufung folgt. Und in der Tat haben, vor allem am Beginn des 20. Jahrhunderts, etliche Biographen Gauguins das Ihre getan, um die Legendenbildung nach klassischem Muster zu befördern. Sie konnten sich dabei sogar auf Gauguin selbst berufen, der mehr als einmal betonte, der wahre Künstler habe allein dem absoluten Anspruch seiner Aufgabe zu folgen, er dürfe sich nicht von den Regeln bürgerlicher Wohlanständigkeit hemmen oder von Regungen des Mitgefühls fehlleiten lassen. Diese kompromißlose Haltung fand nicht selten einen entsprechend drastischen Ausdruck; so schrieb er in einem Brief an den Freund Daniel de Monfreid: »Lassen wir diese schmutzigen Bürger – selbst wenn es unsere Kinder sind – in ihrer schmutzigen Stellung, und verfolgen wir das einmal begonnene Werk.«

Den Weg ins gesellschaftliche Abseits hat Gauguin allerdings weniger entschlossen angetreten, als es solche aus späteren Lebensphasen stammenden Äußerungen nahezulegen scheinen. Und der Abschied vom bequemen Leben des Bourgeois ist wohl auch nicht ganz so aus freien Stücken erfolgt, wie es in der eingangs geschilderten Szene, die so oder ähnlich in verschiedenen Biographien zu finden ist, dem Hauptakteur souffliert wird. Ein Jahr zuvor, im Januar 1882, hatte der nach einem grandiosen Kursfeuerwerk erfolgte Zusammenbruch der klerikalen Großbank *Union Générale* das gesamte Finanzwesen Frankreichs nachhaltig erschüttert, für erhebliche Einbrüche an der Pariser Börse gesorgt und in der Folge eine Anzahl kleinerer Bankgeschäfte in Paris und Lyon in den Bankrott getrieben. Viele Angestellte von Maklerbüros verloren daraufhin ihren Arbeitsplatz, und einiges spricht dafür, daß die Stellung, die Paul Gauguin innehatte, nicht mehr sicher gewesen sein dürfte. Als erfahrener Börsianer müßte Gauguin überdies nur zu genau gewußt haben, daß sich glänzende Geschäfte in absehbarer Zukunft kaum würden tätigen lassen. Wie aus seinen Briefen an Camille Pissarro hervorgeht, hat er angesichts der prekären Situation auf dem Finanzmarkt schon seit etlichen Monaten in Gedanken die Möglichkeit durchgespielt, sich ganz der Malerei zuzuwenden. Es ist anzunehmen, daß er, dem spontane Entschlüsse eher fremd waren und der sich stets nur langsam zu gewichtigen Entscheidungen durchringen konnte, nun, als sich diese Mög-

*Paul und Mette Gauguin
zur Zeit ihrer Heirat, um 1873.
Sammlung Morice Malingue*

lichkeit tatsächlich bot, sich ihm wahrscheinlich sogar aufnötigte, selbst überrascht und erschrocken war über diese von ihm herbeigesehnte Wendung der Dinge.

Gauguin war es gewohnt, in und mit Widersprüchen zu leben. »Man schleppt sein Gegenspiel mit sich«, notierte er einmal und fügte hinzu: »und dennoch vertragen die beiden sich.« Das klingt mit diesem Zusatz auf den ersten Blick versöhnlicher, als es wohl gemeint ist. Denn immerhin ist, wenn auch nicht ausdrücklich, in einer so gefaßten Dialektik der Existenz von der fortwährenden Anstrengung des Lebens die Rede, muß doch die Versöhnung jeweils neu geleistet, in einem Akt des »Dennoch« ertrotzt werden. Die volle Einsicht in die grundlegende Widersprüchlichkeit seines Daseins hat Gauguin wohl erst im Laufe seines Künstlerdaseins gewonnen, gesteuert aber hat sie sein Leben bereits in jener Etappe, in der er versucht, sich ein gesichertes Dasein zu verschaffen, sich als Bürger zu etablieren.

Äußerlich gehört Gauguin – mehr als eine Dekade lang – selbst zu denen, die er später so ausdauernd und inbrünstig schmähen sollte. Er macht dank seiner Intelligenz und raschen Auffassungsgabe in relativ kurzer Frist Karriere, und das ausgerechnet an jenem Ort, an dem die Bourgeoisie ihren Götzendienst versieht, im Tempel des Geldes, an der Pariser Börse. Durch Vermittlung seines Vormundes Gustave Arosa, eines einflußreichen und kunstverständigen Mannes aus der Finanzwelt, erhält er 1872 eine Anstellung bei dem Börsenmakler Paul Bertin. Der junge Angestellte –

Gauguin ist gerade 24 Jahre alt geworden – erfüllt die in ihn gesetzten Erwartungen aufs beste. Er erledigt zuverlässig die Büroarbeiten, wirbt mit Geschick Kunden für seine Auftraggeber, wickelt später umsichtig Termingeschäfte ab und beginnt schließlich selbst instinktsicher und mit wachsendem Erfolg an der Börse zu spekulieren. Begünstigt vom Höhenflug der Kurse am Ende der siebziger Jahre gelingt es ihm, ein beträchtliches Vermögen anzuhäufen – in seinem besten Jahr soll er rund 40 000 Francs verdient haben, eine zu jener Zeit gigantische Summe.

Der arrivierte Geschäftsmann stattet sich mit allen Attributen aus, die zu einer gepflegten bürgerlichen Existenz gehören: Er achtet auf elegante Kleidung, fährt in der Kutsche an der Börse vor und schafft sich ein trautes Heim. Im November 1873 heiratet er die Dänin Mette Gad, die im Herbst des vorhergehenden Jahres als Reisebegleiterin der Fabrikantentochter Marie Heegaard nach Paris gekommen war. Innerhalb der folgenden zehn Jahre werden die fünf gemeinsamen Kinder Emil, Aline, Clovis, Jean-René und Paul, genannt Pola, geboren. Die größer werdende Familie zieht in immer komfortablere Wohnungen, die mit Geschmack und erheblichem finanziellen Aufwand eingerichtet werden. Zum Schluß bewohnen die Gauguins eine herrschaftliche Villa mit Garten und separatem Atelier in der Rue Carcel im Pariser Vorort Vaugirard.

Das Leben Paul Gauguins verläuft zu jener Zeit in wohlgeordneten Bahnen. Er geht gewissenhaft seinen geschäftlichen Verpflichtungen nach, übt sich nach eigenem Bekunden als »musterhafter Ehemann«, der seiner häufig kränkelnden Frau fürsorglich zur Seite steht, und ist ein stolzer Vater. An seinem Verhalten ist kaum etwas auszusetzen; eine »kleine Schwäche« habe er lediglich, schreibt später der jüngste Sohn Pola, für Tabak und Kognak, eine Schwäche, die ihm offenbar jedoch gerne konzediert wird. An den üblichen Zerstreuungen findet er kein Gefallen, er meidet außerhalb seines Berufslebens die Gesellschaft und bevorzugt die häusliche Zurückgezogenheit – für den Geschmack seiner Frau, die sehr viel kontaktfreudiger ist als er, sogar entschieden zuviel. Seine Ungeselligkeit nimmt mitunter skurrile Züge an. So erscheint er an einem Abend, als einige Freundinnen bei Mette zu Besuch sind und er sich schon frühzeitig zur Ruhe begeben hat, noch einmal, und zwar im Nachthemd. Die Damen mögen sich nicht stören lassen, erklärt er mit der größten Selbstverständlichkeit, er wolle sich nur rasch ein Buch holen.

Gauguin ist sich über die Wirkung seines Auftretens durchaus im klaren. In einem Brief an Marie Heegaard gesteht er ein, daß es ihm an Umgänglichkeit und Liebenswürdigkeit mangelt. Er spielt eben die Rollen, die ihm das bürgerliche Dasein zugewiesen hat, als Geschäftsmann, als Ehegatte und Familienvater. Und er spielt sie, trotz gelegentlicher Abweichung vom *comme il faut*, zumeist exzellent. Aber dem Leben, das er führt, fühlt er sich innerlich nicht zugehörig. Die Distanz äußert sich in Unzufriedenheit, die ihn, wie er selbst zugibt, »mürrisch« macht. Einmal schreibt er sogar, er fühle sich »zu ewiger Zwangsarbeit verurteilt«, die es so tapfer wie möglich zu ertragen gelte.

Im Licht einer solchen Einschätzung der eigenen Lebenssituation erscheint der Griff Gauguins zu Zeichenstift und Malpinsel zunächst nur als ein Versuch, sich Ablenkung zu verschaffen. Es entbehrt nicht einer abgründigen Ironie, daß dasjenige, was als kleine Flucht beabsichtigt ist, schließlich zur radikalen Abkehr von der bisherigen Lebensform führen wird, daß Gauguin mit der harmlosen Sonntagsmalerei, gedacht als Ausgleich zur Fron der täglichen Geschäfte, genau jenes »Gegenspiel« wachruft, das er fortan mit sich schleppen und das schließlich auf der Waage seiner Existenz das Übergewicht erhalten wird.

Wie Mette nach dem Tod ihres Gatten berichtet, beginnt er kurz nach ihrer Heirat sonntags zu malen – aus eigenem Antrieb, wie sie schreibt, und ohne sich schon vorher darin erprobt zu haben. Ein Interesse für die Kunst hat er aber wohl bereits früher entwickeln können, und zwar im Hause seines kunstsinnigen Vormundes Gustave Arosa, der lebhaften Anteil an den Bestrebungen der zeitgenössischen Malerei nimmt und in dessen reichhaltiger Gemäldekollektion unter anderem Bilder von Delacroix, Corot und Jongkind, aber auch von dem noch relativ unbekannten Pissarro vertreten sind. Arosa besitzt außerdem eine ansehnliche Keramiksammlung, beschäftigt sich mit der Fotografie und arbeitet gemeinsam mit seinem Bruder Achille

*Paul Gauguin, Innenansicht des Hauses von Paul Gauguin
in der Rue Carcel im Pariser Vorort Vaugirard, 1881,
Nationalgalerie Oslo*

an einem Lichtdruckverfahren, mit dem sich die Reproduktion von Kunstwerken entscheidend verbessern lassen wird. Der wohlhabende Gesellschafter eines Börsenmaklers ebnet Gauguin also nicht nur den beruflichen Weg in die Finanzwelt, er verschafft ihm auch Zugang zur Kunst, der, wie gerade das Beispiel Arosas zeigt, durchaus ein Platz, mitunter sogar ein bevorzugter, im gehobenen bürgerlichen Dasein eingeräumt war – solange sie die Geschäfte nicht störte. Noch besser, wenn sie sie förderte: Kunstwerke waren, vor allem in einer Zeit steigender Aktienkurse, in der sich viel Geld verdienen läßt, beliebte Anlage- und Spekulationsobjekte, und mit den Arbeiten junger, begabter, noch nicht allgemein anerkannter Künstler konnte man, wenn man das Risiko nicht scheute, besonders hohe Renditen erzielen.

Der junge Mann, der sich zur Freude seines Förderers in seiner Anstellung beim Börsenmakler Bertin als gelehrig erwiesen hat, zeigt sich auch empfänglich für die Kunst. Hier mag das mütterliche Erbe eine wesentliche Rolle gespielt haben: Aline Gauguin stammt aus einer Familie, die mehrere Künstler hervorgebracht hat – ihr Vater André-François Chazal war ein bekannter Lithograph –, und sie, die als Schneiderin selbst in bescheidenen Verhältnissen lebt, aber überdurchschnittlich gebildet ist, hat wohl nicht zuletzt deshalb die Verbindung zum Hause Arosa gesucht, weil sie dort eine Atmosphäre vorfand, die ihren musischen Neigungen entspricht.

Gelegenheiten zur Begegnung mit Kunst bieten sich Gauguin also reichlich, und er beginnt sie immer intensiver zu nutzen. Er geht in die Museen und in Ausstellungen, schaut und studiert, er sammelt Reproduktionen von Gemälden und erweitert seine Kenntnisse der französischen und europäischen Malerei. Und er bemüht sich, die eigenen technischen Fertigkeiten zu vervollkommen. Gemeinsam mit einem Kollegen, dem ebenfalls bei Bertin beschäftigten Emile Schuffenecker, besucht er gelegentlich ein von dem italienischen Bildhauer Philippe Colarossi geführtes Atelier, wo Kunstbeflissene nach Modellen arbeiten können. Als Gauguin mit seiner Familie 1877 nach Vaugirard zieht, wagt er sich unter Anleitung seines Hauswirtes, des Arztes und Bildhauers Jules Bouillot, an die Herstellung von Marmorbüsten seines Sohnes Emil und seiner Frau. Es ist nicht ohne Pikanterie, daß selbst die Familie von Mette, die einige Jahre später die ohne greifbaren Erfolg bleibenden Bemühungen Gauguins auf dem Feld der Kunst mit Unverständnis und Verachtung quittieren wird, einen Teil der Verantwortung dafür trägt, daß er zunehmend Umgang mit Künstlern pflegt: Ingeborg Gad, die Schwester Mettes, heiratet 1874 den norwegischen Landschaftsmaler Frits Thaulow, das Ehepaar läßt sich in Paris nieder, und man trifft sich häufig *en famille*.

Der Autodidakt Gauguin findet eine erste öffentliche, gleichsam »offizielle« Bestätigung, als er mit einem seiner Bilder – *Unterholz in Viroflay (Seine et Oise)* – im Salon von 1876 zugelassen wird. Viel Aufhebens von der Anerkennung, die ihm damit von den Vertretern einer akademischen Kunstdoktrin gezollt wird, macht Gauguin nicht; er weiß um die Vorläufigkeit seiner Versuche, die er nun allerdings intensiviert. Mit der zunehmenden Gewißheit, daß die Malerei einen bedeutenden Platz in seinem Leben einnehmen wird, schärft sich aber auch die Einsicht, daß sein künstlerisches Ziel noch unerkennbar in weiter Ferne liegt und seine Mittel unzureichend sind.

Wegweisend in dieser Situation wird die vermutlich von Arosa arrangierte Bekanntschaft mit Camille Pissarro, der für Gauguin eine Zeitlang die Rolle des Lehrmeisters übernimmt. Der von den dänischen Antillen stammende, 18 Jahre ältere Maler und ehemalige Kaufmann ist für Gauguin in zweierlei Hinsicht von weitreichender Bedeutung: Er vermittelt ihm einige Grundtechniken seiner impressionistischen Malerei – den kurzen, lockeren Pinselstrich, die Atmosphäre erzeugende Betonung der Lichtwirkung, die Verwendung von hellen, reinen Farben –, und er führt ihm in seiner Person das Modell eines Künstlers vor, der sich in seiner Konzentration auf die selbstgestellte Aufgabe weder von gesellschaftlichen Konventionen noch von ökonomischen Schwierigkeiten beirren läßt. Gauguin trifft auf einen Mann, der aus eigenem Entschluß den gesicherten Bezirk des bürgerlichen Berufslebens verlassen hat, und er ist zweifellos von der Konsequenz, mit der dieser Maler seinen Weg geht, auf das nachhaltigste beeindruckt.

KANINCHEN-RAGOUT

~

für 6 Personen:

*1 Kaninchen,
in Stücke tranchiert
200 g geräucherter Speck
einige Schalotten
3 Karotten,
in Scheiben geschnitten
2 EL Mehl
1 l Rotwein
1 Bund Suppengrün
Wacholderbeeren
250 g Champignons
Salz und Pfeffer
20 g Butter
Öl*

~

~

Öl und Butter in einem eisernen Schmortopf erhitzen und darin Speck, Karotten, Zwiebeln und die Kaninchenteile leicht bräunen. Dann das Mehl darüberstäuben und den Rotwein dazugießen. Salzen, pfeffern, das Suppengrün und die Wacholderbeeren hinzufügen. Zudecken und 45 Minuten köcheln lassen. Die Champignons dazugeben und 30 Minuten weiterköcheln lassen.

Dazu schmecken Salzkartoffeln.

~

Durch Pissarro erhält er Zugang zum Kreis der Impressionisten; er besucht jetzt häufig das kleine *Café de la Nouvelle-Athènes* an der Place Pigalle, in dem die Gruppe um Edouard Manet damals residierte. Die Cafés, Cabarets und Restaurants, Kristallisationspunkte großstädtischer Vergnügungssucht, sind für die Mitglieder der neuen Bewegung die geeigneten Orte, ihren Lebensstil zu zelebrieren. Hier treffen sie sich zum Essen und Trinken, zum Gedankenaustausch in angeregter Runde, zur Feier des Augenblicks und zum Genuß des allgemeinen Spektakels. Und hier finden sie auch reichlich Motive für ihre Bilder: alltägliche Szenen des modernen, mondänen, mitunter auch etwas anrüchigen Lebens.

Für Gauguin bedeutet die Bekanntschaft mit Manet und Degas, mit Renoir, Pissarro und anderen Malern dieses Zirkels den Anschluß an die damalige Avantgarde. Und er lernt einen vollkommen anderen Ton im Umgang mit der Kunst kennen: Hier wird nicht, wie in der Akademie, nach feststehenden Kriterien geurteilt und oft genug auch abgeurteilt. Man stellt vielmehr in Frage, so grundsätzlich wie möglich, und sucht nach neuen Ideen, die den Begriff von Kunst verändern werden. Gauguin ist hin und wieder dabei, wenn, im schweren Dunst von Zigarrenqualm, an den Marmortischen im Nebenraum des *Nouvelle-Athènes* bei Bier und Absinth mit kaum zu bezähmender Debattierlust bis in die frühen Morgenstunden Attacken gegen die Konventionen geritten werden. Für ihn ist es eine willkommene Gelegenheit, die eigenen Anschauungen zu überprüfen, er läßt sich anregen und auch belehren; eine dauerhafte künstlerische Bleibe findet er im Impressionistenkreis aber nicht. Er wahrt, bei allem Respekt, den er insbesondere Degas und Manet entgegenbringt, Distanz; das urbane, von lärmender Geschäftigkeit erfüllte Ambiente, in dem diese sich zu Hause fühlen, bleibt ihm fremd. Aufschlußreich in dieser Hinsicht ist die Wahl seiner Sujets: das großstädtische Paris, in den Bildern der Impressionisten so häufig dargestellt, kommt in keinem einzigen seiner Gemälde vor.

Gauguin nimmt auch nicht an den sonntäglichen Ausflügen teil, die Manet, Monet, Renoir und ihre Freunde in die Umgebung von Paris unternehmen, um dort im Freien zu malen; statt dessen folgt er Pissarro in den Ferien nach Pontoise, einem Dorf im Norden von Paris, wo dieser ein Haus hat. Die Stellung Gauguins zu den Impressionisten wird wohl durch nichts so deutlich markiert wie durch das besondere Interesse, das ein erklärter Außenseiter dieser Gruppe, Paul Cézanne, in ihm weckt. Persönliche Sympathie empfindet er keineswegs für den aus der Provence stammenden Bankierssohn, der bei seinen gelegentlichen Besuchen des *Nouvelle-Athènes* aus seiner Abneigung gegen die Stadt Paris und alles Bürgerliche kein Hehl macht; aber seine Bilder schätzt er bedeutend höher ein als die der anderen Maler. In einem Brief an Schuffenecker wird er später auf die »parabelhafte« Sprache von Cézannes Bilder hinweisen, auf die »mystische Schrift«, die sich in ihnen ausforme: Beschreibungen, die impressionistischen Gemälden wahrlich nicht gemäß sind, sich jedoch durchaus auf Gauguins eigene Bestrebungen beziehen lassen.

Die impressionistische Gruppe ihrerseits ist nicht ohne weiteres bereit, den Börsenmakler und Hobbymaler in ihrem Kreis zu akzeptieren. Für manche von ihnen ist er nichts weiter als ein dilettierender Bourgeois. Trotzdem wird er, auf Betreiben von Pissarro und Degas, 1879 zur vierten Impressionisten-Ausstellung eingeladen, und auch an den folgenden nimmt er teil. Eines seiner Werke, die 1880 entstandene *Aktstudie*, wird in einer Besprechung der sechsten, im April und Mai 1881 stattfindenden Ausstellung geradezu enthusiastisch gefeiert. Autor der Rezension ist Joris-Karl Huysmans, der nur wenige Jahre später mit seinem Roman *Gegen den Strich* ein Kultbuch der Décadence vorlegen wird, hier aber noch die Position eines konsequenten Naturalismus vertritt. Er schreibt, »keiner der heutigen Maler« habe in einem Akt so sehr die »Wirklichkeit« zum Vorschein gebracht, er lobt die »Wahrheit«, die im Körper der dargestellten Frau zum Ausdruck komme, »in dem etwas schweren Leibe, der auf die Schenkel fällt, in den dunkelgeränderten, quellenden Brüsten mit den Falten darunter, den eckigen Kniekehlen und den Knöcheln der Handgelenke«. Seit Rembrandt, so Huysmans, sei das Nackte nicht mehr so lebendig diesseits aller falschen Idealisierungen dargestellt worden.

Eine solche Zustimmung – die sich in dieser Form freilich nicht mehr wiederholen sollte – hat Gauguin zweifellos in seinem Glauben bestärkt, als Maler seinen Weg gehen und mit dem Verkauf seiner Werke sein Auskommen sichern zu können. Die Aussichten dafür sind allerdings nach dem Börsenkrach, der auch den Kunsthandel schwer trifft, denkbar gering. Selbst Pissarro, der Freund und Förderer, ist skeptisch, zumal, wie er schreibt, die Familie Gauguins »an Luxus gewöhnt ist« und sehr viel Geld brauche. Aber Gauguin läßt sich nicht mehr beirren: Ein knappes Jahr nach dem Verlust seiner Anstellung und vergeblichen Bemühungen, einen neuen Posten zu erhalten, steht sein Entschluß fest, der in der Geburtsurkunde seines fünften Kindes Paul Rollon erstmals offiziell dokumentiert wird. Als Berufsbezeichnung gibt Gauguin dort an: »Kunstmaler«.

Damit beginnt für ihn der unaufhaltsame soziale Abstieg und die lebenslang dauernde Zeit eines unsteten Wanderlebens, der ständigen Suche nach einem geeigneten Ort, der ihm Quell künstlerischer Inspiration sein kann und ihm zudem erlaubt, billig und angenehm zu leben. Zunächst zieht er mit der Familie in die Normandie nach Rouen, dann, nachdem sich alle Hoffnungen auf den Verkauf von Bildern zerschlagen und die finanziellen Reserven aufgezehrt sind, folgt er seiner Frau nach Dänemark – als Handelsvertreter für wasserdichte Planen, die sich trotz aller Bemühungen als unverkäuflich erweisen. Der Aufenthalt bei der Familie seiner Gattin ist für Gauguin der letzte, verzweifelte Versuch, die Fassade bürgerlicher Existenz aufrechtzuerhalten; und es scheint geradezu, als hätte es noch dieses Ausfluges in das nach Moder riechende Puppenhaus des Spießbürgers bedurft, um Gauguin endgültig in das andere Extrem zu treiben, in das ungebundene, keine Rücksichtnahmen mehr kennende Dasein des Künstlers. Mit unverhohlenem Degout beschreibt er den Salon eines dänischen Grafen aus altem Adelsgeschlecht: »Man empfängt Sie. Sie setzen sich auf einen roten Samtpuff in Schneckenform, und auf dem wundervollen Tisch liegt ein billiger Läufer aus dem Warenhaus, Fotografiealbum und Blumenvasen in demselben Genre.« Ein »künstlerisches Wunder«, setzt er mit bitterer Ironie hinzu. Sein lakonisches Fazit über die Heimat seiner Frau läßt an Deutlichkeit nichts zu wünschen übrig: »Ich hasse Dänemark über alles.« Zu den wenigen Dingen, die er gelten läßt, gehört der Umstand, daß die Empfänge sich dort »für gewöhnlich im Eßzimmer abspielen, wo man vorzüglich speist«. So sei auch das Beste, was er im Norden gefunden habe, »gewißlich nicht meine Schwiegermutter« gewesen, sondern »das Wild, das sie so köstlich zubereitete«.

Nach dem Bruch mit der Familie seiner Frau reist Gauguin zusammen mit seinem Sohn Clovis im Sommer 1885 nach Paris zurück. Er ist ohne Geld, ohne Anstellung, ohne Wohnung. Innerhalb von nicht einmal zwei Jahren ist aus dem erfolgreichen Börsenmakler ein Obdachloser geworden, der zunächst Unterschlupf bei dem Freund Schuffenecker suchen muß. Der folgende Winter in Paris wird zur harten Prüfung: Die kleine Wohnung, die Gauguin findet, ist unbeheizt, er schläft auf einer Pritsche und bittet in den Briefen an Mette inständig darum, sie möge ihm endlich Wintersachen und Bettwäsche schicken. Die Kost, die Vater und Sohn mittags zu sich nehmen, ist mehr als schmal, »ein Ei und ein wenig Reis«, als Nachtisch gibt es zuweilen einen Apfel, abends dann nur ein Stück Brot und etwas Aufschnitt. Gauguin bemüht sich vergeblich um einen Posten an der Börse, er verkauft schweren Herzens Gemälde von Monet und Renoir, die er in besseren Zeiten erworben hatte. Schließlich klebt er für einen Lohn von fünf Francs pro Tag Plakate, um sein Leben fristen zu können.

Die Fluchtgedanken werden immer drängender. Gauguin überträgt die Sehnsucht nach einer besseren Zukunft auf Orte, die ein ursprüngliches und wahrhaftes Leben verheißen. Einen solchen Ort findet er zunächst in der Bretagne, in Pont-Aven, aber auch damit gibt er sich nicht zufrieden. Es scheint, als suche sich seine stetig wachsende künstlerische Ambition die ihr gemäßen Freiräume – seine Pläne greifen immer mehr aus in die Ferne. Von Madagaskar ist die Rede, von der Insel Taboga bei Panama; später werden die Namen, die den verlockenden Klang der Fremde in sich tragen, Tongking und Tahiti lauten. Paris aber wird bei allen künftigen Eskapaden Gauguins der neuralgische Punkt bleiben; nicht als künstlerisches Zentrum – das befinde sich, wie Gauguin einmal an seine Frau schrieb, in seinem Kopf –, aber als eine leere Mitte, um die zumindest sein geistiges Leben kreisen wird, als magnetischer Pol mit einer ebenso großen Anziehungs- wie Abstoßungskraft.

Crêpes

∽

für 4 Personen:

100 g Mehl
2 Eier
40 g Butter
1 Prise Salz
evtl. 1 TL Rum
oder Calvados
Milch

∽

Die Zutaten vermischen und Milch unterrühren, bis der Teig geschmeidig ist. In einer Crêpepfanne die Butter erhitzen. 2 1/2 Löffel Teig in eine Schöpfkelle geben, so dünn wie möglich in der Pfanne verlaufen lassen und backen.

Sofort servieren oder auf einem Teller im warmen Backofen stapeln. Mit Puderzucker bestäuben oder süß oder herzhaft füllen.

∽

Cidre und Crêpes in der Crêperie ›Ty Couz‹ Chez Angèle bei Riec sur Belon

Paul Gauguin,
Tropische Pflanzenwelt – Landschaft auf Martinique, 1887,
National Gallery of Scotland, Edinburgh

Länder des Lichts

Ein Paradox des Reisens besteht darin, daß gerade dem wahrhaft Reisenden, dem, der seinem Drang in die Ferne folgt, sein Ziel unerreichbar und zumeist auch unerkannt bleibt. Denn es liegt nicht in einem räumlichen, sondern in einem zeitlichen Anderswo – in den Traumbildern der Kindheit oder in den Sehnsuchtsgefilden künftigen Glücks, wobei sich diese oftmals aus dem Stoff jener formen. Und doch macht jeder Aufbruch Sinn; das Durchstreifen äußerer Welten kann helfen, die Koordinaten des inneren Kosmos neu zu bestimmen.

Für Paul Gauguin, der zu Beginn des Jahres 1887 beschließt, auf die kleine Insel Taboga vor der pazifischen Küste Panamas zu fahren, »um dort wie ein Wilder zu leben«, besitzt der Gegenentwurf zum gehaßten Paris – »eine Wüste für einen armen Teufel, wie ich es bin« – durchaus schon Konturen. Die Reise, die er zusammen mit einem Malerkollegen, Charles Laval, am 10. April 1887 im Hafen von Saint-Nazaire antritt, ist nicht seine erste, die ihn in die Tropen führt. Bereits mit 17 Jahren überquerte er als Steuermannsjunge auf dem Handelsschiff *Luzitano* den Atlantik. Das Ziel war Rio de Janeiro, wo er, auf dringende Empfehlung seines Vorgängers, in der Rua d'Ovidor eine aus Bordeaux stammende Operettensängerin, Madame Aimée, aufsuchte und in Gesellschaft der ebenso reizvollen wie lebenslustigen Primadonna »einen ganz entzückenden Monat« verbrachte. Auf eine weitere Fahrt mit der *Luzitano* folgte die etwas über ein Jahr dauernde Reise um die Welt an Bord der *Chili*; Gauguin war mittlerweile zum Zweiten Leutnant befördert worden. Das Schiff segelte um Kap Hoorn herum, passierte die Küste Perus und machte Zwischenstation in Panama; über die weitere Route der *Chili* durch den Pazifischen Ozean und nach Europa zurück ist nichts bekannt. Daß Gauguin schon damals in den Gewässern der polynesischen Inselwelt kreuzte, ist jedenfalls nicht völlig auszuschließen. Als er Jahre später, nach dem Militärdienst, den er ebenfalls an Bord eines Schiffes verbracht hat, seine Karriere in den eleganten Büros der Börsenmakler beginnt, hat er also bereits das rauhe Leben des Seemanns kennengelernt – und soviel von der Welt gesehen wie die wenigsten seiner Zeitgenossen. Die Sehnsucht nach den vom gleißenden Licht der Tropensonne durchfluteten Landstrichen unter dem Äquator, die ihn nun als mittellosen Maler ergreift, rührt aber wohl aus noch viel tieferen Erinnerungsschichten her, aus Schichten, die ihn womöglich auch schon in seinem Entschluß geleitet haben, Matrose zu werden und den europäischen Kontinent weit hinter sich zu lassen. Es ist jener Bezirk seines Gedächtnisses, in dem sich das Bild von Lima bewahrt hat, der Hauptstadt von Peru, »diesem köstlichen Lande, in dem es niemals regnet« und in dem Paul Gauguin die prägenden Jahre der frühen Kindheit verbracht hat. Er ist gerade mal eineinhalb Jahre alt, als seine Mutter Aline, seine Schwester Marie und er dort eintreffen. Der Vater, ein republikanisch gesinnter Journalist, der aus nicht ganz geklärten Gründen im August 1849 zusammen mit seiner Familie nach Südamerika ins Exil aufbricht, erreicht Peru, wo er eine Zeitung gründen will, nicht; in der Magellanstraße erliegt er einem Herzleiden. Aline reist mit ihren beiden Kindern alleine weiter und findet in Lima Aufnahme im Hause ihres Großonkels Don Pio de Tristan Moscoso. Bis Ende 1854, etwas mehr als fünf Jahre, bleibt sie dort zu Gast.

Was als waghalsiges, reichlich phantastisches Unternehmen erscheinen mag, hat in der Familie Tradition. Die Flucht aus Frankreich, die Reise in ein Tropenland, das ein Glücksversprechen birgt: Paul Gauguin und seine Mutter Aline wandeln hierbei auf Spuren, die bereits von Flora Tristan, der Großmutter Pauls, gelegt worden sind. Diese in vielfältiger Hinsicht außerordentliche und höchst eigensinnige Frau, die sich später als Vorkämpferin für Frauenrechte und sozialistische Ideen einen Namen machen sollte, hatte sich mit ihrem Ehemann, dem Lithographen André-François Chazal, überworfen und war in den Jahren 1833

»*Gauguin ist der Maler der primitiven Naturen. Er liebt und besitzt die Einfachheit, die suggestive Priesterschaft, deren etwas linkische und eckige Naivität. Seine Figuren haben etwas von der unzubereiteten Plötzlichkeit jungfräulicher Flora. So war es denn logisch, daß er zur Feier unserer Augen den Reichtum dieser tropischen Vegetation pries, wo das freie Leben der Eingeborenen unter glücklichem Gestirn üppig dahinströmt: hier in einem blendenden Farbenzauber und doch ohne überflüssige Ornamente, Schwulst oder Italianismen wiedergegeben.*

So etwas ist einfach, großartig, imposant. Und wie die Heiterkeit dieser Naturgeschöpfe unsere fade Eleganz, unsere kindischen Aufregungen erdrückt. Das ganze Geheimnis der Unendlichkeiten strahlt aus der naiven Perversität ihrer auf das Neue der Dinge gerichteten Augen.«

Achille Delaroche, in:
Paul Gauguin, Vorher und Nachher

Paul Gauguin, Die Grillen und die Ameisen.
Andenken an Martinique, um 1889,
National Gallery of Art, Washington D. C.,
Lessing Rosenwald Collection

und 1834 allein durch Peru gereist. Auch sie hatte Zuflucht bei Don Pio de Tristan Moscoso gesucht, dem Bruder ihres bereits 1807 in Paris gestorbenen Vaters. Dieser Onkel ist eine imponierende, schillernde Figur, General, Minister – vor allem ein begnadeter Intrigant, der in den Jahrzehnten nach der Unabhängigkeit von Spanien beträchtlichen Einfluß auf die turbulente peruanische Politik ausübt. Im persönlichen Gespräch offenbart er alle Qualitäten, die den Aristokraten – er stammt aus einem alten aragonesischen Adelsgeschlecht – auszeichnen: Er ist nach Aussage von Flora Tristan überaus liebenswürdig und galant, er sprüht vor Charme, und seine Scherze verletzen nie die Regeln des guten Geschmacks. »Er ist wahrhaftig eine Sirene«, schreibt sie und bekennt, daß sie von niemandem zuvor so vollständig verzaubert worden sei. Don Pio nimmt seine Nichte in seinem großzügigen Landhaus bei Arequipa mit offenen Armen auf, als sie auf das ihr zustehende Erbteil (die gewaltige Summe von 800 000 Francs) zu sprechen kommt und ihn darum bittet, ihr zumindest eine bescheidene Rente von 5000 Francs jährlich auszusetzen, enthüllt sich jedoch eine andere Seite seines Charakters, der unerbittliche Geiz. Don Pio erkennt zwar ohne Zögern an, daß Flora die ›natürliche‹ Tochter seines Bruders ist, da sie aber kein Dokument vorweisen kann, das sie als ›legitimes‹ Kind auszuweisen vermag, lehnt er ihre Forderung brüsk ab. Beide Parteien, in ihrer Hartnäckigkeit einander ebenbürtig, weichen nicht von ihren Positionen; schließlich verläßt Flora das Haus ihrer Verwandten. Den Bericht über ihre Erlebnisse in Peru veröffentlicht sie einige Jahre darauf unter dem bezeichnenden Titel *Les pérégrinations d'une paria* (Wanderungen einer Ausgestoßenen).

Eineinhalb Jahrzehnte nachdem die Mutter im Streit geschieden ist, klopft – eine merkwürdige Duplizität der Ereignisse – ihre Tochter Aline an Don Pios Tür, ebenfalls Hilfe und Trost suchend. Beides wird ihr in reichlichem Maße gewährt, wohl auch deshalb, weil Aline, in ihrem Charakter weit weniger unbeugsam und streitsüchtig als ihre Mutter, erst gar keine Erbrechte für sich reklamiert. Die Familie Don Pios gehört inzwischen zu den ersten im Lande, seit Beginn des Jahres 1851 stellt sie sogar den Präsidenten Perus: der Schwiegersohn Don Pios, José Rufino Echenique, ist an die Spitze des Staates gewählt worden. Übrigens hatte sogar er sich im feingesponnenen Intrigennetz von Don Pio verfangen. In seinen Memoiren berichtet der Präsident, wie ihn der Familienpatriarch zur Heirat mit seiner Tochter geradezu gezwungen habe: Die einzige Möglichkeit, einen anderen Bewerber abzuweisen, hätte nach Aussage Don Pios darin bestanden, ihm mitzuteilen, die Heirat mit José Echenique sei bereits arrangiert und stehe unmittelbar bevor. Der spätere Präsident Perus fügte sich in sein Schicksal und wurde wenige Tage später der Schwiegersohn Don Pios.

Der kleine Paul Gauguin wächst hier in Peru in einer glänzenden Welt des Reichtums und des Luxus auf; die Familie verkehrt im Palast des Präsidenten, gibt Empfänge in dem großzügigen Haus der Familie, dessen Zimmer sich nach dem Muster spanischer Kolonialarchitektur um einen Innenhof gruppieren, gebietet über ein Heer von Dienstboten unterschiedlichster Herkunft. Mit einem, wie Gauguin später schreibt, »erstaunlichen Gedächtnis« für Dinge, die er optisch wahrgenommen hat, bewahrt der kleine Paul viele Details aus jener Zeit in seiner Erinnerung. »Noch sehe ich unser kleines Negermädchen, die uns gemäß der Vorschrift den kleinen Gebetteppich in die Kirche nachtragen mußte. Ich sehe auch unseren Diener, den Chinesen, der sich so gut aufs Wäscheplätten verstand.«

Es ist eine bunte, lebhafte, sinnenfrohe Welt, und die Angehörigen der wohlhabenden Kreise lassen keine Gelegenheit aus, sich selbst in all ihrer frivolen Pracht zu inszenieren. Schon Flora Tristan berichtete, daß alle Fremden, die nach Lima kommen, dort die Kirchen aufsuchten, aber nicht etwa, um den Gesängen der Mönche zu lauschen, sondern um die schönen Frauen in ihren schmiegsamen seidenen Röcken, den *sayas*, und den weiten Umhängen, den *mantos*, zu bewundern. Jede einzelne von diesen Damen ausgeführte Geste sei von verführerischem Reiz, notiert Flora Tristan, selbst ihre Finger würden mit einer wollüstigen Gewandtheit über die Perlen des Rosenkranzes gleiten. Auch dem kleinen Paul ist der besondere erotische Reiz dieser Kleidung, die zugleich verhüllt und zur Schau stellt, nicht verborgen geblieben. Vor allem eine Erinnerung hat sich ihm eingeprägt, ein Bild, das die emblematische Figur

LÄNDER DES LICHTS

des allsehenden Gottesauges zitiert und zugleich die erotische Grundkonstellation des sich begegnenden Blicks entwirft: »Wie reizend und hübsch war meine Mutter, wenn sie ihr Limaisches Kostüm anzog, die Seidenmantille das Gesicht bedeckte, die nur ein Auge frei ließ, dieses so sanfte, so befehlende, so reine und so zärtliche Auge.«

Aline Gauguin findet offenbar großes Gefallen an dem repräsentativen Leben, das ihre Verwandten führen, an den Empfängen, Bällen und Banketten, an denen sie teilnimmt. Es sind für sie Gelegenheiten, ihrem Hang zu übermütigen Scherzen freien Lauf zu lassen. Einen ihrer »Streiche« im Präsidentenpalast, die sie dann später mit großer Freude zum besten gibt, referiert Gauguin:

»Ein höherer Armeeoffizier, der indianisches Blut in den Adern hatte, rühmte sich, Piment sehr gern zu essen. Bei einem Essen, zu dem der Offizier geladen war, ging meine Mutter in die Küche und bestellte zwei Schüsseln Piment. Die eine war normal, die andere außerordentlich stark gewürzt. Beim Essen ging meine Mutter mit ihm zu Tisch, und während allen anderen die normale Schüssel gereicht wurde, servierte man dem Offizier die gewürzte.

Das Feuer spritzte ihm aus den Augen, vor allem, als er sich eine Riesenportion aufgeladen hatte und das Blut zu Kopf steigen fühlte. Und meine Mutter fragte ihn ganz ernsthaft: ›Ist das Gericht schlecht gewürzt und finden Sie es nicht scharf genug?‹

›Im Gegenteil, gnädige Frau, das Gericht ist ausgezeichnet.‹ Und der Unselige hatte den Mut, seinen Teller bis zur Nagelprobe zu leeren.«

Die sorgenfreie, glückliche Epoche in Lima neigt sich ihrem Ende zu, als aus dem fernen Frankreich Briefe von Alines Schwiegervater eintreffen, der angesichts seines nahenden Todes sich anschickt, sein Erbe aufzuteilen. Zur gleichen Zeit beginnen sich die Verhältnisse in Peru zu wandeln. Die nicht sehr geschickt agierende Regierung unter Echenique verursacht innerhalb weniger Jahre das Anwachsen der internen Schulden um mehr als das Fünffache, ein großer Finanzskandal löst schließlich einen Volksaufstand aus. Im Juli 1854 wird José Echenique als Präsident abgelöst, ein Jahr darauf geht er ins Exil nach Panama. Für Aline Gauguin und ihre beiden Kinder ist das peruanische Abenteuer zu diesem Zeitpunkt bereits Vergangenheit, sie leben seit Anfang 1854 in Orléans im Haus ihres verstorbenen Schwiegervaters.

Paul Gauguin, mittlerweile sechseinhalb, erlebt die Rückkehr nach Frankreich als Ankunft in der Fremde. Die Zeit in Peru verklärt sich zur paradiesischen Epoche der verlorenen Kindheit, die von einer Figur dominiert wird, die in der Erinnerung geradezu mythische Dimensionen gewinnt: dem Urgroßonkel Don Pio de Tristan Moscoso, der nach Aussage von Gauguin 1856 im Alter von 113 Jahren starb. Wie sich anhand der Informationen nachprüfen läßt, die Flora Tristan in ihrem Reisebericht gibt, entspricht diese Angabe nicht den Tatsachen. Folgt man ihren Ausführungen, war Don Pio bei ihrem Eintreffen in Arequipa, also 1833, 64 Jahre alt; in seinem Todesjahr dürfte er also 87 gewesen sein. Im übrigen vergißt auch sie nicht, auf seine in der Tat ungewöhnliche Vitalität hinzuweisen. Er sei mit seinen 64 Jahren aktiver und beweglicher als ein durchschnittlicher Franzose von 25, betont sie, und im Gesicht sähe er nicht älter aus als 45.

Der sachliche Irrtum Gauguins, der in der Familie ungeprüft weitertransportiert und von mehreren Biographen übernommen wird, wäre nicht weiter erwähnenswert, wenn er nicht sehr deutlich machen würde, welche Funktion der peruanischen Eskapade im Lebensentwurf des Malers zukommt. Sie dient der Legendenbildung in bezug auf die eigene Herkunft und damit der Herstellung einer gesteigerten, einer ›mythischen‹ Identität. Die Notwendigkeit dazu ergibt sich aus der Erfahrung des Fremdseins im eigenen Land, die Gauguin in Frankreich erleidet. Die Identität, die er für sich in Anspruch nimmt, ist freilich eine gespaltene: »...ich habe Rasse«, schreibt Gauguin zum Abschluß seiner Reminiszenzen an die Kindheit in Peru, dann setzt er hinzu: »... oder besser noch, zwei Rassen«. Bemerkungen, in denen er sich zum Abkömmling eines uralten südamerikanischen Volkes stilisiert, finden sich häufig in seiner Korrespondenz, und in der Regel dienen sie der Selbstrechtfertigung. So weist er in einem Brief an Theo van Gogh darauf hin, daß »Inkablut« in seinen Adern fließe und daß alles, was er tue, davon beeinflußt werde: »Dort liegt der Wesenskern meines Charakters.«

Der Grundwiderspruch seiner Existenz wird seinem künftigen Weg als Reisender und als Künstler – beides ist unauflösbar miteinander verknüpft – die Struktur vorgeben. Die Exkursionen zu ›ursprünglichen‹ Orten und in ferne Länder sind für Gauguin alles andere als bloße Ausflüchte, und sie sind auch keineswegs Konzessionen an einen oberflächlichen Primitivismus oder Exotismus. In ihnen übersetzt sich vielmehr die erlebte Spannung von Eigenem und Fremdem in das räumliche Wechselspiel von Nähe und Ferne, das deshalb an kein Ende kommen kann, weil sich die Positionen des Vertrauten und Fremdartigen unablässig verschieben oder sogar vertauschen. Zu guter Letzt gilt: »Alles ist auf dem rechten Weg, das heißt auf dem, den man in sich hat!«

Diese Überzeugung garantiert allerdings noch nicht das Gelingen der Unternehmungen, die in der ›realen‹ Welt in Angriff genommen werden. Die Hoffnungen auf eine sorgenfreie Existenz in Panama, die Paul Gauguin und Charles Laval gehegt haben, als sie im April 1887 ihre Reise antraten, erfüllen sich nicht. Seitdem eine französische Gesellschaft unter Ferdinand de Lesseps 1879 mit den Bauarbeiten für den Panamakanal begonnen hat, sind die Preise für Land und selbst für billigste Unterkünfte enorm gestiegen, und die Reserven von Gauguin und seinem Begleiter sind rasch erschöpft. An ein Leben als »Wilder« ist unter diesen Umständen nicht zu denken. »Der Teufel hole die Leute, die völlig verkehrte Auskünfte erteilen«, schimpft Gauguin in einem Brief an Mette. Dabei hätte er allen Grund, sich selbst einer schlechten Vorbereitung zu bezichtigen: Wie auch bei seinen späteren Reisen werden seine Pläne mehr von Wunschvorstellungen bestimmt als von konkreten Informationen. Auch bei Juan Uribe, seinem aus Chile stammenden »einfältigen« Schwager, der in Panama ein Geschäft eröffnet hat, findet er nicht die erwartete Hilfe.

So bleibt den beiden gestrandeten Künstlern nichts anderes übrig, als Arbeit zu suchen. Laval erhält die Gelegenheit, recht gut bezahlte Porträts zu malen; es wird allerdings verlangt, sie in einer speziellen, will sagen: konventionellen Manier auszuführen, die Gauguin überhaupt nicht behagt. Er selbst verdingt sich als einfacher Arbeiter bei der Kanalbaugesellschaft. Die Bedingungen, unter denen die Aushubarbeiten verrichtet werden, sind wahrhaft mörderisch. »Ich bin gezwungen, von *fünfeinhalb Uhr morgens bis sechs Uhr abends* zu schippen, bei tropischer Sonne und bei Regen jeden Tag.« Und um die beklagenswerte Situation, in die er geraten ist, noch deutlicher herauszustreichen, setzt Gauguin in diesem an seine Frau gerichteten Brief mit bitterer Ironie hinzu: »Was die Sterblichkeit betrifft, so ist sie nicht so hoch, wie man es in Europa behauptet. Von den Negern, denen man die schlechtesten und schwersten Arbeiten aufbürdet, sterben neun von zwölf, von den anderen fünfzig von hundert.«

Nach zwei Wochen hat die Fron ein Ende. Die Kanalgesellschaft gerät in finanzielle Schwierigkeiten und entläßt einen Großteil der Arbeiter, darunter auch Paul Gauguin. Kurz danach, Anfang Juni 1887, besteigt er zusammen mit Laval, der mittlerweile vom Gelbfieber befallen ist, ein Schiff, das sie nach Martinique bringt, wo sie bereits auf der Hinfahrt Station gemacht haben.

Hier endlich findet Gauguin, eine knappe halbe Stunde entfernt von der Hafenstadt Saint Pierre, einen Ort, der seinen hochgespannten Erwartungen zu entsprechen vermag, der ihm das Ambiente bietet, das ihn auch als Maler inspiriert. Dazu gehören die üppige tropische Natur, das heiße Klima und eine Bevölkerung, die sich in Aussehen und Verhalten deutlich von den Europäern unterscheidet – alles Versatzstücke, die auch später, in anderen Landstrichen, ihre gewichtige Rolle spielen werden. In einem Brief an seine Frau äußert Gauguin beflügelt seine »Begeisterung für das Leben in den *französischen* Kolonien«: »Zur Zeit leben wir beide in einer Negerhütte. Es ist paradiesisch ... Unter uns das Meer, von Kokospalmen gesäumt, über uns alle möglichen Obstbäume ... Schwarze Männer und Frauen ziehen hier den ganzen Tag vorüber, mit ihren kreolischen Liedern und ihrem endlosen Geplapper.« Gauguin entwirft sofort – in kolonialherrschaftlicher Attitüde – ein Szenario, wie man unter diesem Himmelsstrich ohne viel Mühe die Voraussetzungen für ein angenehmes Leben schaffen könnte: Schon für 30000 Francs bekäme man ein Stück Land, das einen ausreichenden Ertrag abwürfe, schreibt er; man bräuchte dann nichts weiter zu tun als »ein paar Neger zu beaufsichtigen, die Früchte und Gemüse ernten«.

Auf das Paradies fallen bald dunkle Schatten. Auch Gauguin erkrankt, bei dem beschwerlichen Arbeitseinsatz in den Sümpfen Panamas hat er sich mit Malaria und Ruhr infiziert. Über Wochen wird er von Fieberanfällen gepeinigt, die Leber ist angegriffen, und er magert »bis zum Skelett« ab. Die letzten Geldmittel, über die er verfügt, werden für ärztliche Behandlung und Medikamente verbraucht. Der erste Versuch, aus der zivilisierten Welt auszubrechen und in einem tropischen Garten Eden den Gegenentwurf eines ›wilden‹ Lebens zu realisieren, scheitert kläglich; nach rund vier Monaten auf Martinique ergreift Gauguin die Flucht aus dem vermeintlichen Paradies. An Bord eines Segelschiffes, auf dem er als Matrose anheuert, tritt er allein, ohne Charles Laval, die Rückfahrt nach Frankreich an, wo er im November 1887 eintrifft. Es ist einmal mehr Schuffenecker, der den mittellosen, unter heftigen Leberschmerzen leidenden Freund bei sich aufnimmt.

Paul Gauguin kommt zwar körperlich geschwächt, in seinem Selbstbewußtsein als Maler aber gestärkt von seinem Ausflug in die Karibik zurück. Er habe, trotz aller widrigen Umstände, die Aufgabe erfüllt, die dem Künstler gestellt sei: »… zu arbeiten, um in seiner Kunst vorwärts zu kommen«. Der Ertrag besteht aus einer Vielzahl von Skizzen und einem runden Dutzend Gemälden – Bildern, die einen Übergang in Gauguins Schaffen markieren. Hier in der Lichtfülle der Tropen, die er nun zum ersten Mal mit den Augen des Malers wahrnimmt, erweitert sich seine Farbskala. In der Darstellung der tropischen Vegetation verfährt er zum Teil noch in impressionistischer Manier, mit einem Farbauftrag in kurzen Strichen und Tupfen, bei einigen Partien ist aber schon deutlich eine flächigere Malweise zu erkennen. In die Landschaftspanoramen häufig integriert sind eingeborene Frauen in ihren weiten Gewändern, die in zwei verschiedenen Haltungen dargestellt sind, als sitzende Gestalten oder als aufrecht stehende beziehungsweise schreitende Figuren, die auf dem Kopf hohe Körbe oder flache, schalenförmige Behältnisse tragen. Sie bilden kompakte, in sich geschlossene Formen, auf einigen Gemälden heben sie sich auch als schmale Silhouetten vor dem blauen Meer oder der grünen Vegetationsfülle ab. Einige dieser Gebilde sind bereits mit feinen Umrißlinien versehen. Insgesamt wird der dekorative Charakter der Formen erhöht, die einzelnen Flächen erhalten einen stärkeren Eigenwert innerhalb der Bildkomposition. Damit kündigt sich in der Malerei Gauguins eine grundsätzliche Umorientierung im Verhältnis der Kunst zur Wirklichkeit an, eine Neuorientierung, die der Maler und Graphiker Armand Séguin in einem Artikel von 1903 mit folgenden Worten bezeichnen sollte: »Seit seiner Reise nach Martinique hat Gauguin nicht mehr nach der Natur gemalt.«

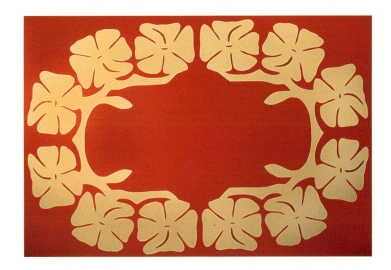

Kokosnussmilch

∽

Hierbei handelt es sich nicht um die Kokosmilch aus dem Inneren der Kokosnuß, sondern um eine aus dem Fruchtfleisch gewonnene Flüssigkeit. Eine Nuß ergibt etwa eine Tasse Milch.

Die Kokosnuß so in einer Hand halten, daß die drei Keimporen nach oben zeigen. Mit einem großen scharfen Messer die Nuß nahe bei den Poren mehrmals scharf einritzen, bis sie sich spaltet. Das Fruchtfleisch mit dem Kokosnußraspler, einem feilenähnlichen, extra für diesen Zweck entwickelten Werkzeug, direkt aus der Schale herausraspeln. Jeweils einige Kokosfleischstücke in ein Käseleinen oder Geschirrtuch geben und auswringen, um die Milch herauszupressen.

Einfacher ist es, das Fruchtfleisch mit einem scharfen Messer aus der (geöffneten) Kokosschale herauszulösen und in einer Küchenmaschine zu zerkleinern. Diese Kokosraspel in einem Mixer unter Zugabe von etwas Wasser zu Püree verarbeiten. Anschließend die Milch mit Hilfe eines Tuches herausfiltern.

∽

Bananen- und Kokos-Mousse

∽

∽

1 bzw. 1 1/2 Blatt Gelatine
1/2 bzw. 1 Tasse Wasser
330 g Bananenfruchtfleisch
bzw. 400 ml Kokosnußmilch
150 g Schlagsahne
evtl. Kokosraspel

∽

Die Alternativangaben gelten für Kokos-Mousse.

∽

Die Gelatine im Wasser aufquellen lassen, dann abgießen und in einem Topf bei schwacher Hitze schmelzen lassen, bis sie dickflüssig ist. Mit dem zerdrückten Bananenfruchtfleisch oder der Kokosnußmilch vermischen. Evtl. nach Geschmack Kokosraspel dazugeben. Die steifgeschlagene Sahne vorsichtig unterziehen. In Förmchen füllen und einen halben Tag im Kühlschrank fest werden lassen. Vor dem Servieren stürzen.

Für Bananen-Mousse kann ein Teil des Fruchtfleisches auch in größeren Stücken in die Förmchen gegeben werden.

LANGUSTE MIT AVOCADOCRÈME

❧

für 4 Personen:

*4 kleine lebende Langusten
2 Avocados
1 EL Crème fraîche
1 Knoblauchzehe,
gehackt
Grün von 2 Frühlingszwiebeln,
fein gewiegt
Salz und Pfeffer
2 Möhren,
gewürfelt
3 Kartoffeln,
gewürfelt
50 g frische Erbsen
2 EL Mayonnaise
(Rezept s. S. 39)
4 große Tomaten
1/2 Zitrone*

❧

Die lebenden Langusten in sprudelnd kochendes Wasser geben und 15 Minuten kochen. Beiseite stellen.

Die Avocados halbieren und den Kern entfernen. Das Fruchtfleisch aus der Schale lösen und pürieren. Crème fraîche, Knoblauch, Frühlingszwiebeln und ein paar Spritzer Zitrone hinzufügen. Salzen und pfeffern. Alles gut vermischen und zur Seite stellen.

Die Erbsen, Möhren- und Kartoffelwürfel in sprudelndem Wasser ca. 20 Minuten kochen. Abgießen und abkühlen lassen. Die Mayonnaise dazugeben und abschmecken. Das obere Drittel der Tomaten abschneiden, das Innere entfernen und die Tomaten mit der Gemüsemischung füllen.

Die Langusten der Länge nach halbieren und zusammen mit etwas Avocadocrème und je einer gefüllten Tomate servieren.

❧

Die Künstlerkolonie in der Bretagne

Der Aufenthalt auf der Antilleninsel Martinique mußte zwar vor der Zeit und unter katastrophalen Umständen beendet werden, für Paul Gauguin war die Wiederbegegnung mit den Tropen trotzdem ein bedeutender und höchst folgenreicher Einschnitt. Der Grenzgänger zwischen den Kulturen hatte in dieser Reise buchstäblich die Distanz ausgemessen, die der ganzen Spannweite des eigenen Existenzentwurfs entsprach. Auch in künstlerischer Hinsicht bedeutete die Reise einen Aufbruch zu neuen Ufern, wenn auch in den Bildern, die er mitbrachte oder nach Skizzen in Paris malte, die Richtung, welche die neue Entwicklung nehmen würde, noch nicht deutlich absehbar war. Die Konsequenzen aus den Anregungen, die er auf Martinique empfangen hatte, sollte Gauguin erst im darauffolgenden Jahr ziehen, wiederum in einer Umgebung, die ihm aufgrund ihrer exzentrischen Lage die Möglichkeit zur Distanzierung bot, in der Bretagne. Dort hatte Gauguin schon im Jahr zuvor drei Monate verbracht, dort hatte er auch Charles Laval kennengelernt, der ihn auf der Reise nach Panama und Martinique begleiten sollte. Aber erst bei seinem zweiten Aufenthalt in der Bretagne erfolgte, nach einer Phase des Zögerns und der tastenden Versuche, der Durchbruch zu einem neuen, eigenen Stil, der zugleich die radikale Absage an die Prinzipien des Impressionismus formulierte.

Die urwüchsige Landschaft der Bretagne und ihre tief in der Tradition verwurzelten Bewohner, die mit ihren ländlichen Trachten, den alten Gebräuchen und der schwermütigen Frömmigkeit einer anderen Zeit anzugehören schienen, stellten den Rahmen bereit, in den sich Gauguins nostalgische Phantasien von einem zivilisationsfernen, unverfälschten Leben unschwer einfügen konnten. Daraus erklärt sich die besondere Anziehungskraft, die diese Region über viele Jahre hin auf Gauguin ausgeübt hat. »Ich liebe die Bretagne«, schreibt er an Schuffenecker, »ich finde in ihr das ›Wilde‹, das Ursprüngliche. Wenn meine Holzpantinen auf dem Steinboden widerhallen, höre ich den dunklen, gedämpften und kraftvollen Klang, den ich beim Malen suche.«

Die Ursprünglichkeit dieses abgeschiedenen Landstriches war allerdings schon einige Jahre zuvor von anderen Künstlern entdeckt worden, und das kleine Städtchen Pont-Aven an der südbretonischen Küste, das Gauguin erstmals im Juli 1886 aufsuchte, hatte sich bereits zum Zielpunkt eines regelrechten Künstlertourismus entwickelt. Der Ort, der zu jener Zeit etwa 1500 Einwohner zählte, liegt am Fluß Aven, in einem schmalen Tal, das sich nach Süden zum noch einige Kilometer entfernten Meer hin öffnet. Die meisten Häuser waren aus Granit gebaut und mit Schiefer gedeckt, am Fluß drehten sich unablässig die Wasserräder, mit denen die Getreidemühlen angetrieben wurden. Seit eineinhalb Jahrzehnten erhielt der Ort jeweils im Sommer Zulauf von Malern vor allem aus den USA, aus Großbritannien und den skandinavischen Ländern. Sie schwärmten tagsüber in die Umgebung aus, um zu malen und zu zeichnen, abends kehrten sie mit ihren Staffeleien und Farbkästen von den Feldern und den Sanddünen zurück und erfüllten das ruhige, idyllische Städtchen mit ungewohntem Leben.

Die Bewohner des Ortes, hauptsächlich Bauern, Fischer und Müller, hatten sich mit dieser Invasion auf ihre Weise arrangiert, sie hatten Wege gefunden, Profit daraus zu schlagen. Seit Mitte der siebziger Jahre gab es drei Gasthäuser im Ort, die ihr Auskommen hauptsächlich durch die fremden Künstler sicherten, die den Sommer hier logierten. Die älteste und großzügigste Unterkunftsmöglichkeit war das vorwiegend von Amerikanern frequentierte *Hôtel des Voyageurs*, das am zentralen Platz des Ortes lag. Ihm gegenüber hatte das *Hôtel du Lion d'Or* eröffnet, und ein Stück weiter zur Steinbrücke über den Aven hin gab es noch die kleine *Pension Gloanec*, die nach Auskunft eines britischen Kunstredakteurs »die wirkliche Bohème-Herberge« darstellte, »in der das Leben sogar noch lockerer ist als in den anderen Unterkünften«. Einige Dorfbewohner vermieteten darüber hinaus Zimmer in ihren Privathäusern, so daß Platz für insgesamt fünfzig bis sechzig Pensionsgäste bereitstand.

Eine weitere Einnahmequelle, die sich den Bewohnern von Pont-Aven durch die periodisch einfallenden Besucher erschloß, war das Modellsitzen. Für einen Franc, so wird berichtet, waren sowohl Männer als auch Frauen bereit, sich nahezu einen ganzen Tag den Malern als Anschauungsobjekte zur Verfügung zu stellen. Nur zur Erntezeit wurde es schwierig, die genügende Zahl von Modellen zu bekommen; dann suchte man sich geeigneten Ersatz in den umliegenden Fischerdörfern. Die zur Schau gestellte Tradition hatte also bereits ihren Marktwert erhalten, die Mitglieder der vermeintlich »archaischen« Gemeinschaft eines kleinen bretonischen Städtchens wußten sich selbst in Szene zu setzen: Sie wurden zur Staffage, und es war nur konsequent, sich dafür bezahlen zu lassen.

Gauguin mietet sich bei seinem ersten Aufenthalt im Sommer 1886 in der *Pension Gloanec* ein, also dort, wo es am »lockersten« zugeht. Für Kost und Logis bezahlt er – monatlich – 65 Francs, und die Verpflegung ist so reichlich, daß man, wie er an Mette schreibt, »an Ort und Stelle fett werden« könne. Die preiswerten Unterkunftsmöglichkeiten: sie sind ein weiterer wichtiger Grund, weshalb es den an notorischem Geldmangel leidenden Künstler in den kommenden Jahren immer wieder in die abgeschiedenen Ortschaften der Bretagne ziehen wird. Im übrigen ist auch das Geld für die Reise nach Pont-Aven geborgt, von einem Verwandten, dem Bankier Eugène Mirtil. Gauguin fristet, wie so oft, ein Leben auf Kredit.

Die Herberge, in der er ein Dachzimmer bezieht, ein massiver, für die Bretagne charakteristischer Steinbau mit hohen Fenstern an der Frontseite, gibt sich schon von außen mit einem großen über dem Eingang hängenden Gemälde als Künstlerrefugium zu erkennen. Vor dem Haus stehen unter den Fenstern zwei lange Bänke, in den warmen Sommermonaten werden zusätzlich kleine Holztische und Stühle auf den schmalen Gehsteig gestellt, dort sitzen die Gäste bei Wein, Cidre oder Apfelschnaps zusammen, genießen die provinzielle Beschaulichkeit des Ortes, diskutieren über die Kunst und die von ihnen jüngst erzielten Fortschritte und widmen sich wohl auch dem neuesten Klatsch, beispielsweise den amourösen Beziehungen, die der eine oder andere Maler zu den hiesigen Dienstmädchen knüpft. Nach der Abendmahlzeit werden die Gespräche im Eßsaal noch bis weit in die Nacht fortgeführt, sie finden in der Regel erst ein Ende, wenn die Wirtin der Pension, die zu jener Zeit etwa fünfzigjährige Marie-Jeanne Gloanec, ihre Gäste gegen Mitternacht energisch auffordert, sich in ihre Zimmer im ersten Stock und im Dachgeschoß zurückzuziehen. Erst dann kann sie sich selbst zur Ruhe begeben; da sämtliche Räume des Hauses belegt sind, schläft sie mit ihren Dienstmädchen in Schrankbetten im Speisesaal.

Fern von Paris, in der frischen, vom nahen Meer gewürzten Luft lebt Gauguin auf. Die alltäglichen Sorgen, um die Familie, das Geld und die Zukunft, sind zwar keineswegs vergessen, wie die Briefe an seine Frau bezeugen, aber sie sind hier nicht ganz so bedrängend wie in der Großstadt, der er für einige Zeit entkommen ist. Er fühlt sich verjüngt, wenn er auch, trotz des frugalen, herzhaften Essens, das ihm Madame Gloanec serviert, kaum an Gewicht zunimmt. Eine unbändige Arbeitslust ergreift ihn, er malt, erprobt unterschiedliche Stilrichtungen, fertigt eine Vielzahl von Skizzen an und schnitzt, wobei auch Gebrauchsgegenstände wie seine Holzpantinen als Versuchsobjekte herhalten müssen. Einen Großteil seiner Zeit verbringt er im Freien, und er findet manche Gelegenheit, die Vitalität, die er hier in sich spürt, freizügig und ganz unbürgerlich auszuleben. Der schottische Maler Archibald Hartrick, der sich zur gleichen Zeit wie Gauguin in Pont-Aven aufhielt, schildert in seiner Autobiographie, wie er an einem besonders heißen Tag jenes Sommers malend am Ufer der Rance stand und ein Boot langsam näherkommen sah. An den Rudern waren zwei Bretonen, im Boot »saßen Gauguins Schüler P., Madame X., ihre fünf Kinder samt Kindermädchen und – mit einem Tau ans Boot gehängt, nackt bis auf die Unterhose, Gauguin, der sich wie ein toter Delphin auf dem Rücken liegend durchs Wasser ziehen ließ und sich offensichtlich freute wie ein König«.

Mit Begeisterung treibt Gauguin Sport. Bei dem Maler Bouffard, einem nach Gauguins Zeugnis »leidlichen«

*Das Malerdörfchen Pont-Aven
unweit Quimper in der Bretagne,
Blick auf die Kirche, um 1900*

*Der Fischerhafen von
Le Pouldu in der Bretagne,
1903*

◈

»Ich wohne am Meeresstrand in einer Fischerherberge, einem Gasthof ganz in der Nähe eines Dorfes von 150 Einwohnern. Ich lebe hier wie ein Bauer, man nennt mich ›der Wilde‹. Jeder Tag sieht mich an der Arbeit, ich trage Leinenhosen (die alle schon fünf Jahre im Gebrauch sind). Meine Ausgaben bestehen in einem Franc für meine Kost und zwei Sous für den Tabak. Kein Mensch wird mir vorwerfen können, daß ich mein Leben ›genieße‹. Ich spreche mit niemand und erhalte keine Nachrichten von den Kindern. Ich bin allein – ganz allein!

Ich stelle meine Arbeiten bei Goupil in Paris aus. Sie erregen großes Aufsehen, werden aber nur zögernd gekauft. Wieviel Zeit noch vergehen wird, bis sich das ändert, kann ich nicht sagen, was ich aber sagen kann, ist, daß ich heute der Künstler bin, dessen Werke am stärksten in Erstaunen versetzen.«

Paul Gauguin an Mette, Le Pouldu, Ende Juni 1889

◈

Küchenszene in der Pension Gloanec, in der sich Paul Gauguin im Sommer 1886 für drei Monate eingemietet hatte

FISCHSUPPE

∽

für 4–6 Personen:

*2 kleine Dornhaie
oder Hornhechte
1 Papageifisch
4 Meerbarben
1 kg Meeraal
2 Seezungen
oder Schollen
500 g Kartoffeln,
in Scheiben geschnitten
4 Zwiebeln,
in Scheiben geschnitten
1 l Cidre
1 l Fischbrühe
1 Glas Calvados
oder klarer Schnaps
3–4 Knoblauchzehen
Petersilie
Thymian
Lorbeer
Salz
Pfeffer
Croûtons
Vinaigrette
oder Aioli
(Rezept s. S. 39)
Öl*

∽

Die Fische waschen, ausnehmen und in Stücke schneiden. Die Gemüsescheiben in Öl anbraten. Die übrigen Zutaten bis auf die Croûtons und den Fisch hinzufügen und alles köcheln lassen. Die Fischstücke anbraten, nach 1/4 Stunde dazugeben und 10 Minuten mitkochen lassen. Anschließend die Fisch- und Kartoffelstücke vorsichtig herausnehmen und auf einer Platte anrichten.

Dazu eine Vinaigrette oder Aioli reichen. Die Brühe über die Croûtons gießen und getrennt servieren.

∽

SAUCE VINAIGRETTE

∽

*1 EL scharfer Senf
2–3 EL Weinessig
Salz und Pfeffer
Öl*

∽

Die Zutaten mit einem Schneebesen mischen und langsam Öl dazugeben, bis die gewünschte Konsistenz erreicht ist.

∽

Mayonnaise und Aioli

~

1 Eigelb
1 TL Senf
1–2 TL Essig
oder Saft von 1/2 Zitrone
Salz und Pfeffer
Öl

1 Knoblauchzehe,
fein gehackt
Petersilie,
fein gewiegt

~

Die Zutaten bis auf das Öl mit einem Schneebesen verschlagen, dann dieses tropfenweise dazugeben, bis die gewünschte Konsistenz erreicht ist.

Um Aioli zu erhalten, Knoblauch und Petersilie hinzufügen.

~

Hühnchen in Cidre

~

für 4 Personen:

1 Freilandhühnchen
500 g Schalotten,
kleingeschnitten
3 Knoblauchzehen,
kleingeschnitten
1 Glas Calvados
3/4 l Cidre
1/2 l Crème fraîche
Schnittlauch,
fein gewiegt
Salz und Pfeffer
Öl

~

Das Hühnchen in 8 Teile zerlegen. In einem eisernen Schmortopf die Schalotten- und Knoblauchstückchen in Öl anbräunen. Das Fleisch dazugeben und anbraten. Mit dem Calvados flambieren. Den Cidre zugießen und zugedeckt eine Stunde lang köcheln lassen. Wenn das Hühnchen gar ist, die Teile herausnehmen und auf einer tiefen Platte warm stellen. Falls nötig, die Sauce einkochen lassen. Die Crème fraîche zugeben und abschmecken.

Die fertige Sauce über das Fleisch gießen und Schnittlauch darüberstreuen.

Eingesalzene frische Sardinen

~

24 frische kleine Sardinen
Meersalz

~

~

Sardinen und Salz abwechselnd in eine Schüssel schichten, dabei mit Salz abschließen. 24 Stunden kühl stellen.

Das Salz mit Küchenpapier von den Fischen entfernen, die Köpfe abschneiden, die Fische ausnehmen, entgräten, säubern und filetieren.

Mit grobem Weißbrot und Butter servieren.

~

FAR
(BACKPFLAUMEN-KUCHEN)

∽

200 g Backpflaumen, entkernt
125 g Mehl
75 g Zucker
1 Prise Salz
3 Eier
0,5 l Milch
1 kleines Glas Rum
50 g Butter

∽

∽

Falls nötig, die Pflaumen in Wasser einweichen. Mehl, Zucker, Salz und Eier in einer Schüssel mischen. Milch und Rum langsam unterrühren. Die Pflaumen dazugeben. Eine flache, feuerfeste Form mit der Hälfte der Butter einfetten, den Teig hineinfüllen und den Rest der Butter auf der Oberfläche verteilen. Etwa 40 Minuten bei mittlerer Hitze im vorgeheizten Ofen backen. Möglichst lauwarm servieren.

∽

Amateurboxer, nimmt er Boxunterricht, und zusammen mit einem Hafen- und Fischereimeister namens René-Jean Kerluen richtet er einen Fechtboden ein. Gauguin war schon zu seiner Gymnasialzeit im Gebrauch des Floretts unterwiesen worden, und mit nicht geringem Stolz berichtet er, daß Kerluen, obwohl geprüfter Fechtmeister einer in ganz Frankreich berühmten Schule, allererst von ihm in die eigentliche Kunst des Fechtens, die im wesentlichen auf der Täuschung des Gegners beruhe, eingeweiht wurde. »Gottlob war der arme Kerl nicht stolz, und ich war kurze Zeit sein Lehrer in mancherlei Dingen«, schreibt Gauguin nicht gerade bescheiden.

Seine sportlichen Fähigkeiten, die kraftvolle Statur, die Energie, die er ausstrahlt, sein bestimmtes und zugleich sehr zurückhaltendes Auftreten, dazu noch die sehr eigenwilligen Auffassungen über Kunst, die er äußert – das alles bewirkt, daß man ihm im Kreis der Maler mit großer Vorsicht, sogar mit ein wenig Angst begegnet, ihm andererseits aber auch ein besonderes Interesse entgegenbringt. Er selbst pflegt mit Hingabe das Image des Außenseiters – was für ihn, der sich dem ›Ursprünglichen‹ mehr zugehörig fühlt als der ›Zivilisation‹, bedeutet, daß er die Fronten wechselt und sich kleidet wie ein bretonischer Fischer, mit blauem Segelpullover und einer Baskenmütze. Er habe in seiner gesamten Erscheinung, mit seinem Gang und der entsprechenden Gestik, so berichtet Hartrick, wie der wohlhabende Kapitän eines Küstenschoners gewirkt und keineswegs wie ein Künstler.

Abgesehen von Charles Laval, dessen Bekanntschaft er in diesem Sommer macht, hat Gauguin für die in Pont-Aven versammelten Berufskollegen nicht viel übrig. Die meisten sind für ihn Salonmaler, wie er herablassend bemerkt. Das hält ihn jedoch nicht davon ab, ihnen gelegentlich Erläuterungen zu seinen Bildern zu geben, Ratschläge zu erteilen und die Anerkennung, die er innerhalb kurzer Frist bei ihnen erringt, zu genießen. »Ich gelte hier als der beste Maler von Pont-Aven«, kann er seiner Frau noch im Juli, kurz nach seiner Ankunft, vermelden, und er äußert die Hoffnung, daß sich diese Wertschätzung in Zukunft auch einmal bezahlt machen werde. Das ist, angesichts der prekären finanziellen Lage, in der sich Gauguin befindet, zweifellos ein wichtiger Aspekt. Aber es steht außer Frage, daß er auch jenseits dieser nüchternen Erwägung auf Zustimmung und Verständnis angewiesen ist, auf Beifallsbekundungen, die ihm Stimulans sind für seine künstlerische Arbeit. Zumindest bemüht er sich sein Leben lang heftig darum; und er ist tief getroffen, wenn sie ihm verwehrt werden. Der stark ausgeprägte Hang zum Außenseitertum wird immer von dem Bedürfnis begleitet, Anhänger und Schüler um sich zu sammeln, und das Bestreben nach absoluter Unabhängigkeit hindert ihn nicht daran, Anregungen überall dort aufzugreifen, wo sie für die eigenen Zwecke verwertbar erscheinen. Mit solchen Tendenzen, die sich einer kräftig ausgebildeten Egozentrik verdanken, erntet man freilich mehr Kritik als die erwünschte Anerkennung. Paul Cézanne hat Gauguin einmal beschuldigt, er habe seine Malweise kopiert, ihm »seine kleine Sensation« gestohlen, und Camille Pissarro, mit dem sich Gauguin in der Zwischenzeit überworfen hat, spöttelt über die obskure Rolle, die sein ehemaliger Schüler in Pont-Aven gespielt habe: »Ich folgere, daß er letzten Sommer am Meer gepredigt hat, während ihm ein Zug junger Künstler folgte, dem eifernden und strengen Meister lauschten.« Vor allem in bezug auf den zweiten Aufenthalt Gauguins in der Bretagne ist diese maliziöse Darstellung nicht ganz unangemessen.

Ende Januar oder Anfang Februar 1888 trifft Gauguin wieder in Pont-Aven ein, noch geschwächt von den Strapazen der Reise nach Panama und Martinique. Er beabsichtigt diesmal länger zu bleiben, »sieben oder acht Monate hintereinander«, die er nach eigener Aussage unbedingt benötigt, »um in den Charakter der Menschen und des Landes eindringen zu können«. Die Aufgabenstellung ist nun fest umrissen: Das ›Wilde‹, das ›Ursprüngliche‹, das Gauguin in seiner Malerei anstrebt, bietet sich nicht an der Oberfläche dar, es muß erst – mit den Mitteln der Kunst – in einem langwierigen Prozeß freigelegt werden. Es ist gewiß kein Zufall, daß Gauguin in dem bereits zitierten Brief an Schuffenecker, in dem er seine Begeisterung für die Bretagne äußert, die Präsenz dieses Ursprünglichen nicht etwa im Bereich des Sichtbaren lokalisiert, sondern nur auf eine sehr

Paul Gauguin,
Zwischen den Lilien, 1889, Privatsammlung,
mit freundlicher Genehmigung der Galerie Beyeler, Basel

vermittelte Weise aufspürt, in einem Ton, dem Widerhall seiner Holzschuhe auf dem Steinboden. Ein Malstil, der sich wie der Impressionismus an der Wahrnehmung der äußeren Welt orientiert, kann den Ansprüchen Gauguins auf Dauer nicht genügen; und die pastoralen Szenen, wie er sie bei seinem ersten Aufenthalt in Pont-Aven 1886 häufig malte, pittoreske Ansichten eines idealisierten Landlebens, bilden zwar notwendige Etappen auf dem Weg des Vertrautwerdens mit seiner Umgebung, aber sie sind doch Vorstufen, die es zu überwinden gilt.

Die ersten Monate verbringt Gauguin fast allein in Pont-Aven, im Sommer bildet sich dann tatsächlich ein Kreis junger Künstler um ihn, die alle in der *Pension Gloanec* logieren und sich von den Ausführungen des »Meisters« begeistern lassen. Dazu gehören Henry Moret, die Bretonen Chamaillard und Jourdan sowie Charles Laval, der inzwischen ebenfalls aus Martinique zurückgekehrt ist. Auch Paul Sérusier, wenig später Mitbegründer der Künstlergruppe der Nabis, gesellt sich nach anfänglichem Zögern zu ihnen. Zum wichtigsten Gesprächspartner für Gauguin aber wird der gerade mal zwanzigjährige Emile Bernard, ein theoretisch begabter, vor Ideen sprühender Kopf, der Mitte August mit seiner Schwester Madeleine anreist, in die sich Gauguin bald verlieben wird. Im lebhaften Austausch der Meinungen, in einer enthusiastischen Phase des gemeinsamen Experimentierens entwickeln Gauguin und Bernard ein Stilkonzept, das unter dem Namen des ›Synthetismus‹ Eingang in die Kunstgeschichte finden wird. Diese Darstellungsweise, bei der unter anderem die mittelalterliche Glasmalerei und die japanische Holzschnittkunst eines Hokusai oder Hiroshige Pate gestanden haben, zeichnet sich durch eine starke Vereinfachung der Formen, durch Akzentuierung der Flächigkeit und Verzicht auf die traditionelle Perspektive sowie durch eine Farbgebung aus, die sich nicht mehr die Natur zum Vorbild nimmt. Mittels kräftiger Konturlinien werden die einzelnen Formelemente zusammengefaßt und zugleich streng voneinander geschieden. Aufgrund dieses Verfahrens, das einer Technik der Emailmalerei ähnelt, bei der die einzelnen Farbsegmente von Metallstegen umschlossen werden, um ein Ineinanderlaufen der Farben zu vermeiden, hat man für den Synthetismus auch die Bezeichnung ›Cloisonismus‹ – nach dem französischen Wort *cloison* (Scheidewand) – verwendet.

Das freundschaftliche Miteinander der beiden Maler, das in diesen Sommermonaten den großen, kunsthistorisch bedeutsamen Aufbruch herbeiführt, endet nur drei Jahre später in kleinlichen Streitereien. Bernard ist der Auffassung, daß sein Anteil an der Entwicklung des neuen Stils in der öffentlichen Diskussion unterschlagen wird, er fühlt sich von Gauguin betrogen, attackiert ihn in mehreren Artikeln und bezichtigt ihn des Plagiats. Gauguin reagiert nicht minder heftig und nennt ihn eine Giftschlange.

Es wäre wenig sinnvoll, beckmesserisch alles auseinanderdividieren zu wollen, was sich in einem bretonischen Sommer so trefflich vereinte. Fraglos hat Bernard in Gemälden wie *Bretoninnen in der Wiese* oder *Die Buchweizenernte* schon vor Gauguin die stilisierten Formen mit einer kräftigen Umrißlinie versehen und auch die Farbe in einheitlichen, großen Flächen aufgetragen – eine weitere deutliche Absetzung von impressionistischen Methoden. Kein Zweifel auch, daß Gauguin sich von diesen Exempeln hat anregen lassen. Ebenso sicher aber ist, daß diese Techniken den Überlegungen Gauguins entgegenkamen und sie nicht etwa erst provozierten. Sie bestätigten ihn, in der Richtung weiter voranzuschreiten, die er schon mit den in Martinique gemalten Bildern eingeschlagen hatte und die auf eine dekorative Darstellungsform und die Emanzipation der Fläche und Farbe abzielte. Entscheidend ist jedoch, daß Gauguin die stilistischen Elemente, die dem Begriff des Synthetismus zugeordnet sind, konsequent seinem darstellerischen Grundanliegen dienstbar gemacht hat: der ›Abstraktion‹ von der Natur, die zwar noch ihren Ausgangspunkt in der sinnlich erfahrbaren Realität nimmt, sich aber in einem Verwandlungsprozeß, den Gauguin mehrmals als ›Träumen‹ bezeichnet, eine andere Dimension erschließt.

Das geeignete technische Mittel ist nun in der ›synthetischen‹ Reduktion auf die wesentlichen Bildelemente, Formen und Farben, gefunden: Losgelöst vom strengen und einsinnigen Wirklichkeitsbezug, erhalten sie ihre Eigenständigkeit und können die in ihnen liegenden Möglichkeiten entfalten. Den beiden Grundkomponenten Linie und

Paul Gauguin,
Vision nach der Predigt – Jakobs Kampf mit dem Engel, 1888,
National Gallery of Scotland, Edinburgh

Farbe hat Gauguin schon in früheren Überlegungen, in einem Brief vom 14. Januar 1885 an Schuffenecker, eine unmittelbare Ausdrucksqualität zugesprochen. Es gebe, so schreibt er, »Farben mit Adel, andere von niedrigem Stand, wieder andere ruhig, wieder andere tröstend, wieder andere, die uns durch ihren Mut begeistern«. Ähnlich verhalte es sich bei den Linien. Ein Künstler, der sich dieser Qualitäten bewußt sei, müsse sich nicht mehr mit der bloßen Abbildfunktion von Linie und Farbe begnügen, er könne sie einsetzen, um einen Eindruck, eine Empfindung, eine Stimmung zu erzeugen. Damit ist die entscheidende Wendung vollzogen – nach diesem Verständnis muß Kunst die Welt nicht mehr nur abspiegeln, sie vermag auch, aus dem Material der vorgefundenen, eine neue zu entwerfen. Es ist der Schritt von der Mimesis zur Poiesis und zugleich die Selbstinthronisation des Künstlers als Schöpfer, als *alter deus*. Aus Pont-Aven schreibt Gauguin an Schuffenecker: »Wenn ich Ihnen raten darf, malen Sie nicht einfach nach der Natur. Kunst ist Abstraktion. Schöpfen Sie diese aus der Natur, indem Sie vor ihr träumen und denken Sie mehr an die Schöpfung als an das Ergebnis; der einzige Weg zu Gott empor zu gelangen liegt darin, es unserem göttlichen Meister gleichzutun, nämlich zu schöpfen.« Es besteht Einigkeit darüber, daß es Gauguin mit dem vermutlich Mitte September 1888 vollendeten Gemälde *Vision nach der Predigt* erstmals gelungen ist, sein ästhetisches Programm gültig umzusetzen. Bereits der Titel des Bildes bezeichnet das zentrale Anliegen, nämlich die Darstellung eines Inhaltes, der der sinnlichen Wahrnehmung nicht zugänglich ist, der einer anderen, phantastischen Wirklichkeit angehört. Die Augen der betenden bretonischen Frauen und des Priesters, der angeschnitten am rechten Bildrand erscheint, sind geschlossen, das von ihnen Geschaute – der Kampf Jakobs mit dem Engel (1. Mose, 24) – unterliegt nicht mehr den Gesetzen der realen Welt. Die bildhafte Umsetzung folgt einer Logik des Traums, in der weder Proportionen noch Farben der dargestellten Objekte mit den Gegenständen der Realität übereinstimmen und auch die herkömmliche Auffassung von Perspektive verabschiedet ist. »Für mich existieren die Landschaft und der Kampf auf diesem Bild nur in der Phantasie dieser betenden Menschen«, kommentiert Gauguin sein Werk in einem Brief an Vincent van Gogh, »deshalb besteht auch ein Kontrast zwischen den natürlichen Menschen und dem Kampf in der unnatürlichen und unproportionalen Landschaft.« Die Abstraktion von der Natur erlaubt eine Neuordnung der Bezüge zwischen den Bildkomponenten, die sich jedoch nicht in einer eindeutigen Bildaussage fixieren läßt. Trotz der religiösen Thematik, die Gauguin wählt, liegt es ihm fern, eine Glaubenswahrheit zu verkünden: Das Bild stellt viel-

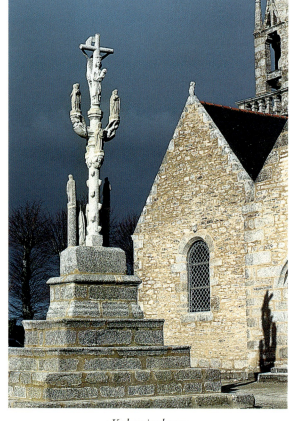

›Kalvarienberg‹
*vor der kleinen romanischen Kirche
von Nizon*

mehr sein eigenes nicht-mimetisches Verfahren dar, die *Vision nach der Predigt* ist mit anderen Worten das Manifest einer künstlerischen Grenzüberschreitung. Gelingen kann diese immer nur punktuell, ohne »endgültigen Ausdruck«; sie gleichwohl immer wieder anzustreben ist nach Gauguin das »Opfer«, das vom wahren Künstler verlangt wird. »Eine Minute, in der man den Himmel berührt, und schon entflieht er«, schreibt er an Bernard und fährt fort: »Andererseits jedoch ist dieser *flüchtig gesehene* Traum etwas viel Gewaltigeres als alle Materie.«

Es gehört zu den vielen bitteren Erfahrungen Gauguins, daß er mit seiner Vision von Ursprünglichkeit nicht nur bei den Vertretern der akademischen Kunst, sondern auch bei jenen, die seiner Auffassung nach diese Ursprünglichkeit noch in sich trugen, auf Unverständnis, ja heftige Ablehnung traf. Er war davon überzeugt, in den betenden Frauen der *Vision nach der Predigt* »eine große, bäuerliche und abergläubisch *ängstliche* Naivität getroffen zu haben«. Ein solches Werk gehört nicht in einen Salon, sondern soll einen ihm gemäßeren Platz finden. Gauguin erscheint die schlichte romanische Kirche von Nizon, einem Dorf nahe bei Pont-Aven, als besonders geeignet. Eine kleine Prozession, bestehend aus Bernard, Laval, Sérusier und Gauguin, macht sich mit dem Gemälde auf den Weg. Man findet die Tür zum Gotteshaus offen, tritt ein, Gauguin bestimmt den Platz des Bildes inmitten der aus Holz geschnittenen Heiligenfiguren, schreibt auf den Rahmen »Geschenk von Tristan Moscoso«, dann holt Bernard den Pfarrer, um ihm das neue Schmuckstück seiner Kirche zu präsentieren. Die Reaktion fällt anders aus als erwartet: Der herbeigeeilte Gottesmann ist geradezu entsetzt und argwöhnt, die Künstler aus Pont-Aven wollten an ihm einen ihrer berüchtigten Scherze exekutieren. Auch die sehr ernst gemeinten Erläuterungen Gauguins vermögen ihn nicht zu überzeugen; er lehnt das Geschenk ab mit dem Hinweis, seine Machart sei »nicht religiös und uninteressant für die Gläubigen« – und in gewisser Weise hat er damit sogar recht.

Nicht viel anders ergeht es Gauguin im Jahr darauf, als er das Bild *La Belle Angèle*, das er selbst für sein gelungenstes Porträt hielt, Marie-Angélique Satre überlassen will, die ihm dafür Modell gestanden hat. Die Frau des späteren Bürgermeisters von Pont-Aven ist schockiert, als sie ihr Porträt erblickt und weist es indigniert zurück. Eine überstürzte Reaktion, wie sie später eingesteht, muß sie doch erfahren, »daß das Bild, das er mir schenken wollte, bei der Degas-Auktion für zigtausend Franc verkauft worden ist«.

Als sich der ›Geheimtip‹ Pont-Aven herumspricht und immer mehr Künstler und solche, die es sein wollen, an-

Die Künstlerkolonie in der Bretagne

zieht, als sich auch noch zusätzlich Badegäste einstellen, sucht Gauguin eine Ausweichmöglichkeit für seine Aufenthalte in der Bretagne. Ruhe und Abgeschiedenheit findet er in dem kleinen Dorf Le Pouldu südlich von Pont-Aven, in der etwas abseits vom Ortskern direkt am Meer gelegenen, von der schönen Marie Henry geführten Herberge *La Buvette de la Plage*, in der hauptsächlich Seeleute verkehren. Hier, inmitten einer grandiosen Dünenlandschaft, aufgetürmt vom rauhen Wind der stürmischen Biskaya, wird er in den folgenden zwei Jahren häufig logieren.

Gauguin tritt auch in Le Pouldu in der gewohnten Rolle auf. Er schreibt an seine Frau: »Ich lebe hier wie ein Bauer, man nennt mich ›der Wilde‹.« Und wie in fast jedem Brief folgen die Hinweise auf die Kärglichkeit seines Daseins: »Jeder Tag sieht mich an der Arbeit, ich trage Leinenhosen (die alle schon fünf Jahre im Gebrauch sind). Meine Ausgaben bestehen in einem Franc für meine Kost und zwei Sous für den Tabak. Kein Mensch wird mir vorwerfen können, daß ich mein Leben ›genieße‹.«

Zumindest die finanziellen Sorgen werden erträglicher, als sich der holländische Maler Meyer de Haan zu ihm gesellt. Im Sommer 1889 verbringen sie einen gemeinsamen Monat bei Marie Henry, im Oktober desselben Jahres treffen sie sich erneut in Le Pouldu. Ehemals Geschäftsmann in Amsterdam, erhält der kleine, verwachsene Maler von seinen Brüdern eine monatliche Rente und unterstützt Gauguin auf ebenso großzügige wie diskrete Weise. So sorgt er beispielsweise dafür, daß der Porzellantopf, der als Behältnis für Gauguins geliebten Tabak dient, ständig aufgefüllt wird. Große Ansprüche stellen die beiden Gäste, die sich einer strengen Arbeitsdisziplin unterwerfen, ohnehin nicht. Frühmorgens gegen sieben Uhr nehmen sie ein schlichtes Frühstück, bestehend aus Café au Lait, Brot und Butter, zu sich, danach brechen sie auf und verbringen den ganzen Vormittag malend oder zeichnend im Freien. Gegen halb zwölf kehren sie zum Mittagessen zurück, eine weitere Arbeitsphase von etwa halb zwei bis fünf Uhr schließt sich an. Zwei Stunden später verzehren sie das einfache Abendessen, und bald danach, meistens gegen neun Uhr, begeben

Rekonstruierte Küche im Maison Marie Henry, Le Pouldu

*Schlafraum von Paul Gauguin
im 1. Stock des Maison Marie Henry,
Le Pouldu*

sie sich zur Ruhe. Gelegenheiten zur Zerstreuung bieten sich in dieser Abgeschiedenheit nicht gerade im Überfluß. Auf einem von Gauguin gezeichneten Damebrett spielen er und Meyer de Haan jeden Abend eine Partie; oft greift Gauguin zur Mandoline oder setzt sich ans Klavier, auf dem er, wenn auch nicht gerade virtuos, einige Stücke, vor allem von Schumann und Händel, vorzutragen versteht.

Als der Winter hereinbricht, beginnen die beiden Künstler das Eßzimmer im Erdgeschoß der Herberge mit Gemälden und Zeichnungen zu dekorieren. Gauguin nimmt sich eine Wand und dann die Decke vor, wo er mit Zwiebelmotiven seiner kulinarischen Passion für in Öl gebackene Zwiebeln ein künstlerisches Denkmal setzt. Auch anderen Leidenschaften geht man in der Herberge der Marie Henry nach: Gauguin scheint der Zurückhaltung, die er sich angeblich in Pont-Aven gegenüber Frauen selbst auferlegt hat, hier gründlich abgeschworen zu haben. Über entsprechende Kontakte während Gauguins Aufenthalt im Sommer 1890 – die Maler Paul Sérusier und Charles Filiger sind zu dieser Zeit ebenfalls Gast im Haus – gibt der spätere Ehemann der Wirtin, Monsieur Motherlé, Auskunft: »So beherbergte das einfache kleine Haus in Le Pouldu im Sommer 1890 unter seinem Dach: Meyer de Haan im großen Schlafzimmer, Monsieur Sérusier in dem auf die Straße hinausgehenden Zimmer, Monsieur Filiger im Atelier, die Eigentümerin im Badezimmer und das Zimmermädchen in der Vorratskammer. Gauguin profitierte insofern von diesem Arrangement, als er nachts wieder aufstehen und über das Küchendach, welches sich unter seinem Fenster befand, zum Zimmermädchen gehen, sich mit ihr in der Vorratskammer *verbrüdern* und einige schöne Stunden mit ihr verbringen konnte.« Monsieur Motherlé verschweigt freilich in seinem Bericht diskret, daß seine Frau, die schöne Wirtin, sich in jener Zeit auf ein amouröses Verhältnis mit dem kleinen buckligen Holländer eingelassen hatte und im Juni des darauffolgenden Jahres eine Tochter von ihm zur Welt brachte.

Im November 1890 kehrt Gauguin nach Paris zurück; bei Marie Henry, der er 300 Francs für Kost und Logis schuldet, hinterläßt er als Sicherheit einen Teil seiner in die-

*Junge Bretoninnen in der Tracht
›Clohard-Carnoët‹ mit der typischen Coiffe (Haube)
hoch über der Küste von Le Pouldu*

ser Zeit gemalten Werke. Um diese Bilder kommt es zum Streit, als Gauguin im Sommer 1894, nach seinem ersten Tahiti-Aufenthalt, erneut in die Bretagne reist und auf der Herausgabe seiner Arbeiten besteht. Er strengt sogar eine Klage an, die jedoch vom Gericht in Quimper zweimal abgewiesen wird; Marie Henry, die mittlerweile die kleine Herberge in Le Pouldu verkauft hat, bleibt rechtmäßige Eigentümerin der Bilder.

Auch in anderer Hinsicht steht dieser Besuch Gauguins in der Bretagne, sein letzter, unter keinem guten Stern. Bei einem Ausflug mit einigen Freunden in die Hafenstadt Concarneau gerät die Gruppe in eine gewalttätige Auseinandersetzung mit einigen Matrosen, in deren Verlauf Gauguin der Knöchel gebrochen wird. Zwei Monate verbringt er in der Pension Gloanec in Pont-Aven, ans Bett gefesselt, zur Untätigkeit verdammt und betäubt von Morphium und Alkohol, mit denen er die Schmerzen bekämpft. Eine Strafanzeige gegen die Matrosen bringt ihm eine Entschädigung ein, die jedoch nicht einmal die Kosten für Arzt, Rechtsanwalt und Hotel deckt. Weitaus schlimmer ist, daß der Heilungsprozeß nicht ohne Komplikationen verläuft und Gauguin künftig in seiner Beweglichkeit eingeschränkt ist. Die Region, die ihn über viele Jahre hin so gastfreundlich aufgenommen hat, erweist sich diesmal als abweisend, geradezu als feindselig. Diese Erfahrungen haben Gauguin zweifellos in seinem Entschluß bestärkt, Europa endgültig den Rücken zu kehren und wieder nach Tahiti zu fahren.

Die Bretagne war für Gauguin trotzdem mehr als nur eine Zwischenstation auf dem Weg in die Südsee. Hier auf der weit ins Meer hinausragenden Halbinsel, einem Vorposten des zivilisierten Europas, glückte es ihm erstmals, den eigenen Lebensentwurf mit seinem künstlerischen Schaffen zu verbinden: Es war ihm gelungen, den ursprünglichen, kraftvollen Klang, den seine Holzpantinen auf dem Steinboden erzeugten, im Malen wiederzufinden. Und die herbe, von rauhen atlantischen Winden umtoste Landschaft blieb ihm bis ans Ende seines Lebens eine künstlerische Heimat. Auf einer Staffelei in seinem letzten Atelier auf der fernen Marquesas-Insel Hiva Oa fand man nach seinem Tod ein Gemälde mit dem Titel *Bretonisches Dorf im Schnee*.

MEERESFRÜCHTEPLATTE

~

für 4 Personen:

2 Meerspinnen
4 Taschenkrebse
4 Wollhandkrabben
Strandschnecken
Wellhornschnecken
Garnelen
Langustinen
Austern
Petersilie
Thymian, Lorbeer
Zitronenscheiben
3 EL Essig
1 TL Koriander
1 TL Fenchelsamen
(grobes) Salz, Pfeffer
Mayonnaise
(Rezept s. S. 39)

~

Die Meerspinnen und Taschenkrebse in siedendes Salzwasser geben und 20 Minuten kochen. Danach abtropfen und abkühlen lassen und mit Mayonnaise servieren.

Die Wollkrabben auf die gleiche Art zubereiten, aber nur 10 Minuten kochen. Dazu Brot und gesalzene Butter reichen.

Die Strandschnecken mit Salz, Pfeffer, Petersilie, Thymian und Lorbeer in kaltes Wasser geben. Erhitzen bis das Wasser kocht, dann vom Feuer nehmen, die Schnecken herausholen und abtropfen lassen.

Die Wellhornschnecken gründlich waschen. Anschließend in einem Gefäß mit kaltem Wasser bedecken, eine Handvoll grobes Salz zugeben und 3–4 Stunden stehen lassen. Die Schnecken von Zeit zu Zeit umrühren, damit sie sich entleeren. Danach die Schnecken in einen Topf geben, mit Wasser bedecken und Salz, Pfeffer, Lorbeer, Thymian, Petersilie, Zitronenscheiben, Essig, Koriander und Fenchelsamen zugeben. Alles 20 Minuten kochen. Abtropfen lassen und leicht abgekühlt mit Brot und gesalzener Butter servieren.

Die Garnelen und Langustinen in kochendes Salzwasser geben. Sobald das Wasser wieder aufkocht, vom Herd nehmen und abgießen. Abgekühlt oder noch leicht warm mit einer Mayonnaise servieren.

~

*Paul Gauguin, Café in Arles, 1888,
Staatliches A. S. Puschkin-Museum der Bildenden Künste,
Moskau*

∽

»Ich erreichte Arles spät in der Nacht und erwartete das Morgengrauen in einem Nachtcafé.
Der Wirt betrachtete mich und rief: ›Ach, Sie sind der Freund, ich erkenne Sie.‹ Ein Selbstbildnis,
das ich Vincent gesandt hatte, erklärte hinlänglich den Ausruf des Wirtes. Vincent hatte ihm das Bild
gezeigt und ihm erklärt, daß es einen Freund darstelle, der bald eintreffen müßte. Weder zu früh noch
zu spät ging ich, Vincent zu wecken. Der Tag wurde meiner Einrichtung und vielem Geschwätz
gewidmet. Folgte ein Spaziergang, um die Schönheiten Arles und der Arlesierinnen bewundern zu
können, für die ich mich (nebenbei bemerkt) nie habe begeistern können.«
Paul Gauguin, Vorher und Nachher

∽

Provenzalisches Intermezzo:
Wohngemeinschaft mit Vincent van Gogh

Von Vincent van Gogh sehnlich erwartet, trifft Paul Gauguin, aus der Bretagne kommend, am frühen Morgen des 23. Oktober 1888 in der südfranzösischen Stadt Arles ein. Nur wenig mehr als zwei Monate später, am 26. Dezember, wird er wieder abreisen, Hals über Kopf, unter Umständen, die einer Flucht gleichkommen. Dazwischen liegt eine Zeit gemeinsamen Wohnens und Kochens, eine Zeit des intensiven, geradezu fieberhaften Arbeitens, eine Zeit, die Gauguin in einem späten Rückblick »wie eine Ewigkeit« erscheinen wird. In ihr spielt sich ein menschliches Drama mit tragischem Ausgang ab. Das Zusammentreffen der beiden herausragenden Künstlerpersönlichkeiten ergibt eine hochexplosive Mischung; binnen kurzem entwickelt die Beziehung der charakterlich sehr unterschiedlichen Männer eine innere Dynamik, die sich am Ende nicht mehr beherrschen läßt. »Vulkan der eine, kochend auch, aber innerlich, der andere«, umreißt Gauguin mit knappen Worten die brisante Situation. Der Ausbruch ist unter den gegebenen Umständen unausweichlich, in einem furiosen Finale scheitert das mit hochgespannten Erwartungen verknüpfte Projekt einer Künstlergemeinschaft. Der eine, Gauguin, entkommt knapp einem Attentat; dem anderen, van Gogh, brechen die Fundamente seiner Existenz weg. Die Kunst enthüllt ihre zerstörerische Seite, das Schicksal des in den Wahnsinn stürzenden Gefährten gewährt Gauguin einen tiefen Blick in den Abgrund, an dessen Rand er nach eigenem Bekunden selbst oftmals steht.

Kennengelernt haben sich die beiden Maler im November 1886 in Paris; man trifft sich hin und wieder im Kreis der Impressionisten und tauscht sich über die Entwicklungen und Skandale in der Kunstszene aus. Von besonderem Interesse für Gauguin ist die Bekanntschaft mit dem Bruder von Vincent, Theo van Gogh, der als Angestellter der Kunsthändler Boussod und Valadon deren Filiale am Boulevard Montmartre leitet und bereit ist, sich für Gauguin einzusetzen. Im Dezember 1887, kurz nach der Rückkehr Gauguins aus Martinique, stellt er mehrere Keramiken und Bilder des Malers in seiner Galerie aus, von denen eines einen Käufer findet. Im Januar darauf erwirbt er für 900 Francs drei Gemälde Gauguins, darunter für 400 Francs die *Mangofrüchte* – vermutlich auf Anregung von Vincent, der sich anerkennend über einige der aus Martinique mitgebrachten Bilder geäußert und ihre Farbigkeit und »poetische« Darstellung gelobt hat.

Für Gauguin eröffnet sich mit diesen Verkäufen erstmals nach langer Zeit die Aussicht auf eine finanzielle Absicherung. Sie gewinnt noch festere Konturen, als ihm die Brüder van Gogh ein Angebot unterbreiten, das ihm sogar ein festes Monatseinkommen garantieren würde: Er soll Vincent in die Provence nach Arles folgen, wo dieser im Mai 1888 an der Place Lamartine den rechten Flügel eines Gebäudes – das berühmte ›gelbe Haus‹ – angemietet hat. Theo van Gogh würde jeden Monat 250 Francs schicken, damit könnten die beiden Maler ihren Lebensunterhalt bestreiten. Natürlich müßte man, wie Vincent van Gogh im Juni 1888 an Gauguin schreibt, so oft wie möglich zu Hause essen, um Restaurantkosten zu sparen. Als Gegenleistung soll Gauguin Theo jeden Monat ein Bild liefern, mit allen weiteren Arbeiten, die er in dieser Zeit fertigstellt, könne er nach eigenem Gutdünken verfahren. Zu berücksichtigen wären noch, wie Vincent van Gogh hinzufügt, die Kosten für den Umzug und den Kauf eines Betts; auch sie müßten »in Bildern bezahlt werden«.

Das Angebot ist zweifellos verlockend, und Gauguin zögert nicht lange, es anzunehmen, bietet es ihm doch die Möglichkeit, den drängendsten Geldsorgen und damit der »schäbigen Existenz«, die er zu führen gezwungen ist, zu entkommen. Schon einen Monat später, Anfang Juli, kann Vincent seinen Bruder davon unterrichten. Trotzdem sollten noch fast vier weitere Monate vergehen, bis Gauguin

*Das gelbe Haus
an der Place Lamartine in Arles,
um 1938*

tatsächlich die Reise nach Südfrankreich antritt. Ob es allein die Schulden sind, die Gauguin in der Bretagne zurückhalten, Schulden bei seiner Pensionswirtin Mme Gloanec und bei dem Arzt, der ihn bei den Anfällen von Ruhr behandelt hat, mag dahingestellt bleiben. Der Brief an Vincent, in dem er ausführlich darlegt, daß seine Gläubiger sich ihm gegenüber »vorbildlich« verhalten würden und er sie folglich nicht im Stich lassen könne, »ohne eine *böse* Tat zu begehen, welche mich sehr betrüben würde«, ist zumindest nicht frei von einem gereizten Unterton; offensichtlich fühlt sich Gauguin von seinem Malerkollegen über Gebühr gedrängt. Im übrigen hält die Erleichterung, die Gauguin gewiß über das Angebot der Brüder van Gogh empfunden hat, ihn nicht davon ab, bei seinem Förderer eine kühl kalkulierende, durchaus auf den eigenen Vorteil bedachte Haltung vorauszusetzen. An Schuffenecker schreibt er, die Verhältnisse in der Kunstszene würden sich nach seiner Einschätzung gerade zu seinen Gunsten wandeln, und er fährt fort: »Seien Sie ganz ruhig: So verliebt auch Theo van Gogh in mich sein mag, um meiner schönen Augen willen schickt er mich nicht nach dem Süden und sorgt für meinen Unterhalt. Als kaltblütiger Holländer hat er das Terrain sondiert und beabsichtigt, die Sache auf eigene Faust soweit wie möglich voranzutreiben.«

Gauguin geht seinerseits geschäftsmäßig nüchtern an die geplante Unternehmung heran. Sicher kann er sich für die Aussicht begeistern, gemeinsam mit anderen Künstlern ein ›Atelier des Südens‹ zu gründen. So bezieht er sofort Laval und Bernard in seine Überlegungen ein und macht den Vorschlag, für die beiden ein möbliertes Zimmer in Arles anzumieten. Ausschlaggebend für seine Entscheidung, in die Provence zu gehen, ist jedoch allein der Umstand, dort in gesicherten Verhältnissen leben und arbeiten zu können.

Bei Vincent van Gogh ist der Wunsch nach einer Wohn- und Arbeitsgemeinschaft keineswegs so klar und eindeutig motiviert wie bei Gauguin. Seine Interessenlage ist sehr viel komplexer und seine persönliche Situation bedeutend fragiler. Zweifellos spielt auch bei ihm die finanzielle Frage eine große Rolle, und er, der selbst einmal als Kunsthändler tätig war, ist noch Geschäftsmann genug, um zu sehen, daß ein Arrangement, bei dem Theo außer den Arbeiten Vincents jeden Monat noch zusätzlich »einen Gauguin« bekäme, für seinen Bruder einen größeren Gewinn verspricht, als wenn er ihn alleine unterstützen würde.

Mindestens ebenso wichtig wie die Sicherung des Lebensunterhaltes ist für Vincent van Gogh aber ein anderes Bedürfnis, das er im Zusammensein mit Gauguin hofft befriedigen zu können: das Bedürfnis nach Gesellschaft, nach Austausch über Fragen der Kunst, gewiß auch das Bedürfnis nach menschlicher Nähe, nach Beistand. »Man verliert immer, wenn man nur auf sich selbst gestellt ist«, äußert er einmal. Seid Februar lebt er allein in der Provence, und er leidet, wie er in einem Brief an Gauguin bekennt, unter der Einsamkeit. Hinzu kommt, daß er sich in einem Zustand nervöser Überreiztheit befindet. In Begeisterung versetzt vom leuchtenden Licht und von den kraftvollen Farben des Südens, von den Kornfeldern und blühenden Obstgärten unter tiefblauem Himmel, malt van Gogh in höchster Anspannung – »mit demselben wütenden Eifer, mit dem ein Marseiller seine Bouillabaisse verzehrt«. Um die geistige Erregung abends auf ein erträgliches Maß zu reduzieren, betäubt sich van Gogh »durch tüchtiges Trinken«. Auch seine Ernährungsgewohnheiten sind nicht gerade gesundheitsfördernd; als er es einmal nicht erwarten kann, seine Bilder gerahmt zu sehen, und so viele Rahmen kauft, daß ihm kein Geld mehr fürs Essen bleibt, lebt er vier Tage lang allein von Brot, das er anschreiben läßt, und 23 Tassen Kaffee, wie er penibel vermerkt. All das zehrt an seinen Kräften und vor allem an seinen Nerven. Seine ohnehin nicht sonderlich ausgeprägten Fähigkeiten, sein Leben praktisch zu organisieren, drohen ihm noch mehr zu entgleiten, und sogar die Angst, dem Wahnsinn zu verfallen, meldet sich wieder. Die Erwartungen, die sich in einer solchen Situation auf einen künftigen Mitbewohner richten, sind naturgemäß extrem hoch. Ob Gauguin vorher schon hat absehen können, daß er für van Gogh mehr als nur Hausgenosse und Arbeitskollege würde sein sollen, nämlich ausgleichender Widerpart eines Mannes, der sich in exzessiven Lebensäußerungen realisiert, ist nicht zu entscheiden. Gauguin hält es in seinem späten Rückblick auf diesen Lebensabschnitt immerhin nicht für ausgeschlossen, daß er zumindest »in dumpfer Voraussicht etwas Anormales« geahnt habe.

In Briefen an seinen Bruder Theo beschreibt Vincent van Gogh ausführlich die Anstrengungen, die er unternimmt, um das angemietete Haus mit den vier Zimmern einzurichten und zu einem echten ›Künstlerhaus‹ zu gestalten. Er läßt Fassaden, Türen und Fenster neu anstreichen, eine Gasleitung in die Küche legen, so daß dort gekocht werden kann, er kauft Tische, zwölf Stühle, Strohmatratzen, ein Bett aus Nußbaum für Gauguin und eines aus rohem Holz für sich selbst, das er mit verschiedenen Motiven bemalen will. In Frage kommen, wie er seinem Bruder mitteilt, eine nackte Frau oder auch eine Wiege mit Kind. Als Arbeitsräume sind die beiden Zimmer im Erdgeschoß vorgesehen: das Atelier mit einem roten Ziegelfußboden, dessen Pflege sich eine Zugehfrau mit besonderem Eifer widmet, und ein zweiter Atelierraum, der nebenher als Küche dient. Von den weißen Wänden des Hauses, die van Gogh mit seinen in der Provence gemalten Bildern behängt, leuchtet das Gelb der Sonnenblumen, und auch die Ausblicke ins Freie setzen farbliche Akzente: »... durchs Fenster guckt ein Stück grellblauer Himmel und ein bißchen Grün herein«. Das Schlafzimmer, in dem Gauguin wohnen soll, schmückt van Gogh mit einem Wandgemälde, einer Hommage an den Malerfreund mit dem Titel *Garten eines Dichters*.

Als Gauguin am 23. Oktober endlich in Arles eintrifft, übernimmt er, zur großen Erleichterung van Goghs, sofort die Haushaltsführung. Er berechnet die täglich anfallenden Ausgaben und teilt das monatliche Budget, das den beiden Malern zur Verfügung steht, genau ein: Für Miete, Essen, Tabak und unvorhergesehene Ausgaben werden fixe Beträge reserviert; eine separate Summe – die offenbar zu den absolut vorhersehbaren Aufwendungen zählt – wird für »nächtliche und hygienische Spaziergänge« angesetzt, womit nichts anderes als Kneipen- und Bordellbesuche gemeint sind. Nachdem man für eine kurze Zeit zum Essen in ein kleines Restaurant geht, wird beschlossen, zu Hause zu kochen. Die Aufgabenverteilung sieht vor, daß van Gogh die Einkäufe tätigt, während Gauguin mit Hilfe eines kleinen Gaskochers für die Zubereitung der Speisen sorgt – und dabei, wie sich herausstellt, trotz der technisch nicht gerade opulenten Ausstattung glänzende Ergebnisse erzielt. Höchst angetan meldet van Gogh seinem Bruder: »... ich muß Dir noch berichten, daß er *ausgezeichnet* zu kochen versteht; ich glaube ich werde es von ihm lernen, es ist so bequem.« Das Talent dafür, das er bei seinem Hausgenossen so sehr bewundert, geht ihm selbst aber offensichtlich gründlich ab. Als er tatsächlich einmal versucht, eine Suppe zu kochen, fabriziert er nur Ungenießbares; vermutlich habe er sie zusammengemischt wie die Farben auf seinen Bildern, bemerkt Gauguin süffisant.

Die ersten Wochen des Zusammenseins scheinen die Erwartungen, die van Gogh gehegt hat, zu erfüllen. Er ist geradezu begeistert von seinem neuen Mitbewohner, den er als großen Künstler bewundert und als guten Freund schätzt. Die Tage sind erfüllt von gemeinsamer Arbeit, abends erproben die beiden Maler ihre Kräfte bei Streifzügen durch die Arleser Nachtcafés und Bordelle. Auch Gauguin zeigt sich mit den angetroffenen Verhältnissen zufrieden. »Hygiene und Beischlaf gut geregelt, dazu von keinem abhängige Arbeit – da beißt sich ein rechter Mann schon durch«, schreibt er provokant an den braven Familienvater Schuffenecker. Er braucht wie immer seine Zeit, um sich der neuen Landschaft anzunähern, um »die herbe Kraft Arles und seiner Umgebung völlig zu begreifen«, aber als ihm das gelingt, ist er zuversichtlich, weitere Fortschritte in seiner Malerei machen zu können.

Es dauert allerdings nicht lange, bis die Differenzen, die zwischen den beiden Männern bestehen, hinsichtlich ihres Temperaments wie ihrer künstlerischen Auffassungen, deutlich hervortreten. Die Phase der wechselseitigen Anregung ist kurz, van Gogh versucht sich einige Male in der ›Abstraktion‹, verwirft aber dann diese Möglichkeit; Gauguin nähert sich in einigen Bildern den grellen Farbtönen van Goghs, kehrt jedoch bald zu dem Bemühen zurück, die Formen in seinen Bildern noch weiter zu stilisieren. Die Diskussionen zwischen den beiden, oftmals von einer, wie van Gogh bemerkt, »unerhörten elektrischen Spannung« beherrscht, werden heftiger, die Standpunkte unversöhnlicher. »Er bewundert Daumier, Daubigny, Ziem und den großen Rousseau, alles Leute, die ich nicht ausstehen kann«, schreibt Gauguin an Bernard. »Dafür verabscheut er Ingres, Raphael, Degas, die ich bewundere.« Die Bereitschaft, vom anderen zu lernen, weicht dem Bestreben zu dominieren, Lektionen zu erteilen. Hinzu kommen die kleinlichen Ärgernisse des alltäglichen Lebens: die Unordentlichkeit van Goghs, über die Gauguin entsetzt ist, Irregularitäten in der gemeinsamen Kasse ...

Die Zerwürfnisse bleiben nicht ohne Wirkung. Gauguins Stimmung wird getrübt; im Dezember teilt er Bernard mit, daß er sich in Arles nicht mehr wohl fühle, daß ihm alles eng und armselig vorkomme. Bei van Gogh, der offenbar befürchtet, von Gauguin allein gelassen zu werden, entlädt sich die aufgebaute Spannung in unkontrollierten Ausbrüchen. In einem Nachtcafé wirft er unvermittelt ein Glas Absinth nach Gauguin und verfehlt ihn nur knapp. Was am nächsten Tag, dem 23. Dezember, folgt, gehört fraglos zu den berühmtesten und dramatischsten Auftritten der Kunstgeschichte: Als Gauguin gegen neun Uhr abends einen Spaziergang unternimmt, eilt ihm van Gogh mit einem Rasiermesser in der Hand hinterher. Auf der Place Victor Hugo holt er ihn ein; Gauguin, der die hastigen Schritte hinter sich hört, wendet sich im letzten Moment um. »Die Macht meines Blickes muß in diesem Augenblick sehr stark gewesen sein«, schreibt er später, »denn er hielt inne und gesenkten Hauptes lief er in der Richtung nach Hause fort.« Gauguin zieht es vor, die Nacht in einem Gasthaus zu verbringen. Am nächsten Morgen wird er bei der Rückkehr zum gelben Haus von der Polizei erwartet, die ihn unter dem Verdacht festnimmt, seinen Freund ermordet zu haben. Als sie in das Haus eindringen, auf den Fliesen der Atelierräume blutdurchtränkte Tücher finden und Vincent van Gogh ohnmächtig, aber noch lebend in seinem Bett antreffen, erfährt Gauguin, was geschehen war. Nachdem sie sich am vorhergehenden Tag getrennt hatten, war van Gogh nach Hause zurückgekehrt und hatte sich »augenblicklich das Ohr unmittelbar am Kopfe« abgeschnitten, es in einen Briefumschlag gesteckt und, als es ihm gelungen war, die starke Blutung zu stillen, einer ihm bekannten Prostituierten – einer gewissen Rachel – gebracht. Danach war er zu Bett gegangen. Gauguin schickt ein Telegramm an

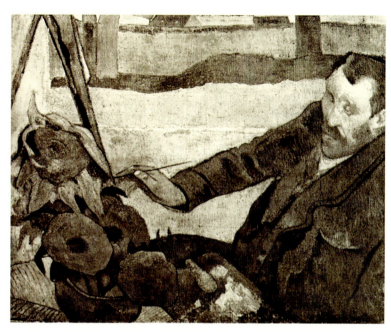

*Paul Gauguin, Vincent van Gogh, Sonnenblumen malend, 1888,
Rijksmuseum Vincent van Gogh,
Amsterdam*

Theo van Gogh und bittet ihn, seinem Bruder, der in ein Krankenhaus eingeliefert wird, zur Seite zu stehen. Bei der nächsten sich bietenden Gelegenheit verläßt Gauguin Arles und fährt, ohne die finanziellen Belange mit den Brüdern van Gogh geregelt zu haben, nach Paris; seine Bilder und Zeichnungen sowie seine Fechtausrüstung bleiben im gelben Haus an der Place Lamartine zurück.

Bemerkenswert ist die unterschiedliche Einschätzung der beiden Maler in bezug auf die Konsequenzen, die dieser Vorfall für ihr Verhältnis hat. Vincent van Gogh, der im Krankenhaus die Hoffnung äußert, es habe sich bei seinem Anfall lediglich um einen bloßen »Künstlerrappel« gehandelt, wundert sich darüber, daß Gauguin ohne ein Wort abgereist ist und ihm nun kein Lebenszeichen zukommen läßt. Zweifellos fühlt er sich von ihm in Stich gelassen, er bezeichnet ihn als »den kleinen Tiger Bonaparte des Impressionismus«, sein Verhalten ähnele nämlich dem Napoleons, der habe »sich ja ebenfalls hinterher nach Paris begeben und die Armeen immer in der Patsche sitzenlassen«. Aber zugleich ist er davon überzeugt, daß sie einander im Grunde so gut verstehen, daß sie noch einmal gemeinsam einen neuen Anfang wagen könnten.

Ganz anders Gauguin. Die Hochachtung, die er dem Maler van Gogh entgegenbringt, bleibt unangetastet, eine weitere Zusammenarbeit kommt für ihn jedoch keinesfalls in Betracht. Die Wege haben sich, das steht für ihn fest, nach jenem Eklat endgültig getrennt. Das Prinzip, dem Vincent van Gogh folgt, die Malerei als eine Art seelischen Vernichtungsfeldzug zu betreiben, bei dem der Künstler selbst auf der Strecke bleibt, ist Gauguin letztlich fremd. Natürlich weiß auch er um die Abgründigkeit der künstlerischen Existenz, aber er ist bestrebt, sie, in jeder Form, zu sichern und zu befestigen – nicht zuletzt auch, um sie genießen zu können. Er fühle, schreibt er einmal an seine Frau, »daß die Kunst, wenn ich genügend Geduld besitze und ein wenig Unterstützung finde, noch einige schöne Tage für mich bereithält«. Sein Gefühl trügt ihn nicht: Diese schönen Tage werden ihm – neben den vielen unglücklichen – noch gewährt werden, nicht unter provenzalischem Himmel, aber in einem anderen, ferneren ›Atelier des Südens‹.

»Seit 63 Tagen bin ich unterwegs,
und ich brenne darauf, im ersehnten
Land anzukommen.«

Paul Gauguin, Noa Noa

Die Südsee – ein Traum

In dem Bericht über seine Weltumseglung – erschienen 1772 unter dem Titel *Reise um die Welt welche mit der Fregatte La Boudeuse und dem Fleutschiff L'Étoile in den Jahren 1766, 1767, 1768 und 1769 gemacht worden* – schreibt Louis-Antoine de Bougainville: »Wir gaben der neuentdeckten Insel anfangs den Namen Neu Kythera, aber künftig mag sie nach den Bewohnern Tahiti heißen.« Prägnanter läßt sich der kulturgeschichtliche Aspekt jenes Ereignisses, durch das ein kleines Eiland im Pazifik in den europäischen Gesichtskreis rückt, kaum zum Ausdruck bringen: Die Entdeckung Tahitis vollzieht sich als Okkupationsversuch durch die fremde Einbildungskraft, dem geographischen Ort wird sogleich ein anderer, ein mythologischer Ort, eingeschrieben. In einem zweiten Schritt erst läßt man die vorgefundene Wirklichkeit ›zu Wort kommen‹ und billigt damit gleichsam den Bewohnern ihr Recht auf Selbstdefinition zu. Die Wahrnehmung des europäischen Beobachters bleibt aber, mit einer gewissen Zwangsläufigkeit, von seinen Bildungsvorstellungen geprägt. Das Wunschbild vom irdischen Paradies leitet die stilisierenden Beschreibungen Bougainvilles von der Insel und verleiht dem Südsee-Traum die Gestalt, die sich bis heute, durch manche Verwandlungen hindurch, zuweilen sogar zur Karikatur verzerrt, erhalten hat.

Die von Bougainville geschilderte tahitianische Idylle ist ein Paradies im Rokoko-Gewand. Die vor dem Leser ausgebreitete bukolische Szenerie entspricht den Vorstellungen eines heiteren Arkadien, in einer lieblichen Landschaft genießen anmutige Menschen ein sorgenfreies, müßiges Dasein: »Man sah die schönsten Wiesen, mit den herrlichsten Fruchtbäumen besetzt und von kleinen Flüssen durchschnitten, welche allenthalben eine köstliche Frische verbreiteten, ohne die Unannehmlichkeiten, welche die Feuchtigkeit sonst mit sich bringt. Ein recht großes Volk genießt hier die Schätze, welche die Natur ihm in so reichem Maße austeilt. Wir fanden Gruppen von Weibern und Männern im Schatten der Fruchtbäume sitzen, welche uns freundschaftlich grüßten; die uns begegneten, traten auf die Seite, um uns Platz zu machen. Allenthalben herrschten Gastfreiheit, Ruhe, sanfte Freude, und dem Anschein nach waren die Einwohner sehr glücklich.« Der *locus amoenus*, ein literarischer Topos, hier in der Südsee scheint er sich materialisiert zu haben.

Zwei Komponenten vor allem zeichnen diese Idylle aus, eine erotische und eine ästhetische. Das erotische, geradezu frivole Moment, das sich seither vom Mythos Tahiti nicht mehr abgelöst hat, tritt gleich bei der Ankunft der Franzosen auf überaus reizvolle Weise ins Blickfeld. Die vor Anker gehenden Schiffe werden alsbald von Booten der Einheimischen umzingelt, in denen sich auch viele Frauen befinden, die, wie Bougainville schreibt, »den Europäerinnen in Ansehung ihres schönen Wuchses den Vorzug streitig machen konnten«. Die fremden Seeleute werden auf eine ebenso freundliche wie unzweideutige Art willkommen geheißen; durch Gesten gibt man ihnen zu verstehen, daß die Frauen bereit seien, ihnen an Land einen besonders herzlichen Empfang zu bereiten. Nach sechs in jeder Hinsicht entbehrungsreichen Monaten auf hoher See sind die vierhundert jungen Männer an Bord kaum noch zu bändigen. Der Begeisterungstaumel erreicht seinen Höhepunkt, als eine der jungen Frauen das Schiff entert und sich am hinteren Verdeck an eine offene Luke über dem ›Gangspill‹ – einer Winde – stellt. Dort, so fährt Bougainville in seinem Bericht fort, läßt sie »ungeniert ihre Bedeckung fallen und stand vor den Augen aller da wie Venus, als sie sich dem phrygischen Hirten zeigte. Sie hatte einen göttlichen Körper. Matrosen und Soldaten drängten sich zu der Luke, und vielleicht ist niemals so fleißig an einem Spill gearbeitet worden.« Bougainville vergißt nicht zu erwähnen, daß er und seine Offiziere bei den Bemühungen, das »verzauberte Schiffsvolk« im Zaum zu halten, auch mit sich selbst heftig zu kämpfen hatten.

Bei den Ausflügen, die die Schiffsbesatzung in den nächsten Wochen aufs Land unternimmt, stellt sich heraus, daß die Versprechungen keineswegs leer waren. Die Gastfreundlichkeit der Bewohner Tahitis ist wahrhaft überwältigend, den Franzosen werden nicht nur freigebig Speisen vorgesetzt, sondern auch junge Mädchen angeboten. Daraufhin pflegen sich die Gastgeber allerdings nicht diskret zurückzuziehen, wie Bougainville leicht verwundert feststellt, im Gegenteil, das Haus füllt sich mit Neugierigen, die insbesondere diesem speziellen Akt des Genießens beizuwohnen gedenken. »Die Göttin der Liebe ist hier zugleich die Göttin der Gastfreundschaft; sie hat hier keine Geheimnisse, und jeder Sinnenrausch ist ein Fest für das ganze Volk.« Ein Ort, an dem in aller Unschuld der freien Liebe gehuldigt wird – das ist eine reichlich galante, dem Rokoko aber durchaus gemäße Vision vom Garten Eden. Und die anfängliche Erwägung, das Eiland auf den Namen *Kythera*, den Namen der Insel Aphrodites, zu taufen, ist da eine naheliegende Konsequenz.

Aphrodite ist nicht nur die Göttin der Liebe, sondern auch der Schönheit. Und sie stattet offenbar, folgt man den Ausführungen Bougainvilles, ihre Jünger auf der Insel Tahiti mit allen erdenklichen körperlichen Vorzügen aus. Das gilt nicht allein für die Frauen, Bougainville bekennt, daß er noch niemals »so wohlproportionierte Männer gesehen« habe: »um einen Mars oder Herkules zu malen, würde man nirgends schönere Muster finden«. Sein Blick ist nun, da er sich auf die Angehörigen des männlichen Bevölkerungsteils richtet, nicht mehr – wie noch bei den ›Nymphen‹ – erotischer Natur, der Enthusiasmus, der aber auch ihm mitgegeben ist, erhält eine ästhetische Valenz. Nicht zufällig wird dabei erneut auf die Antike verwiesen, das maßgebliche, ›ideale‹ Vorbild. An anderer Stelle fügt sich die Begegnung mit einem Eingeborenen, der unter einem Baum, begleitet von einem Flötenspieler, »ein vermutlich anakreontisches Lied« singt, zu einer idyllischen Szene, die »des Pinsels eines Boucher würdig« sei. Die Wirklichkeit wandelt sich in der ästhetisierenden Wahrnehmung zum Sujet, eine Südsee-Insel wird zum Projektionsraum europäischer, erotisch grundierter Wunschvorstellungen.

Daß der Tahiti-Mythos eine so außerordentliche Ausstrahlungskraft entfaltet hat, beruht nicht zuletzt darauf,

daß er einer zeitgenössischen Debatte unter Europas Intellektuellen ein vermeintlich empirisch abgestütztes Argument lieferte. Die Vertreter einer Zivilisationskritik, die sich auf den Kulturpessimismus Rousseaus beriefen, fanden in dem Südsee-Insulaner, von dem sie besonders durch die Berichte der Weltumsegler Bougainville und James Cook sowie Georg und Johann Reinhold Forster Nachricht erhielten, das leibhaftige Gegenbild zum unglücklichen, gekünstelten, unfreien Zivilisationswesen. Und sie sahen sich dadurch in ihrer These bestätigt, daß der Mensch im ursprünglichen »Stand der Natur«, wie er angeblich auf der gleichsam geschichtslosen Insel Tahiti angetroffen werden könne, im sorgenfreien Einklang mit seinen Bedürfnissen und der Schöpfung gelebt habe, voller Güte gewesen und erst im Prozeß der Vergesellschaftung verdorben worden sei. Gewisse Details, die nicht in das idealisierte Bild passen wollten, wurden entweder geflissentlich übersehen oder gewaltsam im Sinne der eigenen Auffassung uminterpretiert. Dabei tat sich besonders Philibert de Commerson hervor, der Bougainville als Schiffsarzt begleitet hatte. So wurde beispielsweise der schon von Bougainville beiläufig erwähnte, von Forster dann deutlicher herausgestellte Umstand, daß die Bewohner Tahitis sich mit großem Eifer als Diebe betätigten, vor denen auf den Schiffen nichts sicher war, von Commerson als Beleg dafür gewertet, daß die unheilvolle Idee des Privateigentums noch nicht in die Idylle eingedrungen sei. Der archaische Naturmensch, vormals als »Barbar« denunziert, wurde im Laufe dieser Diskussion zum »edlen Wilden« stilisiert, der gar den reinen, den wahren Menschen verkörperte. Diese Vorstellung wurde bald zur gängigen Münze, die in den gelehrten Kreisen Europas kursierte. Selbst Goethe bediente sich ihrer; nach einer Klage über die unnatürlichen Zustände, unter denen die »alten Europäer« zu leben hätten, äußerte er gegenüber Eckermann: »Man sollte oft wünschen, auf einer der Südseeinseln als sogenannter Wilder geboren zu sein, um nur einmal das menschliche Dasein, ohne falschen Beigeschmack, durchaus rein zu genießen.«

Georg Forster, der zusammen mit seinem Vater Johann Reinhold Forster in den Jahren 1772 bis 1775 den englischen Entdeckungsreisenden James Cook auf seiner zweiten Fahrt in die Südsee begleitete und in deren Verlauf

Blick auf den Pazifik im Süden Tahitis. Im Dunst ist Tahiti-Iti zu sehen, die kleinere Halbinsel Tahitis. Im Vordergrund die baumbestandene Insel, die Paul Gauguin mehrfach in Aquarellen festgehalten hat. In der Nähe dieser wunderbaren Landschaft lebte der Künstler nach seinem Wegzug aus Papeete.

zweimal Tahiti besuchte, hat in seiner Beschreibung der auf der Insel angetroffenen Verhältnisse zwar viele Beobachtungen Bougainvilles bestätigt, sein Blick ist jedoch wesentlich genauer, unvoreingenommener und kritischer. Gewiß, auch er räumt ein, »daß Herr von *Bougainville* nicht zu weit gegangen sey, wenn er dies Land als ein Paradies beschrieben«, bezeichnenderweise wird der Schlüsselbegriff des »Paradieses« aber nicht bei einer Schilderung der Landschaft oder der Bewohner der Insel verwendet, sondern in einer distanzierten, vermittelten Weise, nämlich in der Kommentierung eines literarischen Zeugnisses, eben des Bougainvilleschen Berichts. Von der überschwenglichen Begeisterung, die noch die Niederschrift des französischen Forschers geprägt hat, ist in Forsters Bericht nichts zu spüren; das Entzücken, das der junge, nicht mal zwanzigjährige Georg Forster angesichts der Schönheiten Tahitis zweifellos empfunden hat, äußert sich sehr viel verhaltener und wird ständig kontrolliert durch die nüchtern konstatierende Wahrnehmungshaltung des aufgeklärten, einem empirischen Wissenschaftsideal verpflichteten Naturbeobachters. Nachdem Forster dem französischen Kollegen seine Reverenz erwiesen hat, wendet er sich denn auch sofort einer ausführlichen botanischen Betrachtung zu.

Es hat freilich auch seinen Reiz, wenn der akribische Chronist eine nicht undelikate Situation in einem trocken geschäftsmäßigen Ton abhandelt. So berichtet Forster, wie er nach einer langen, anstrengenden Wanderung ins Innere der Insel zusammen mit seinem Begleiter von einer gastfreundlichen tahitischen Familie aufgenommen wird. Bevor man das – aus »Früchten und Wurzelwerk« bestehende – Essen aufträgt, nehmen sich die sechzehnjährige, als außergewöhnlich hübsch gerühmte Tochter des Gastgebers und ihre Freundinnen der erholungsbedürftigen Besucher an und wissen sich auf spezielle Weise, mit einer Massage, »beliebt zu machen«: »Das thätigste Mittel, welches sie außer ihrem gewöhnlichen Lächeln anwandten, unsre schläfrige Müdigkeit zu vertreiben, bestand darinn, daß sie uns mit ihren weichen Händen die Arme und die Schenkel gelinde rieben und dabey die Muskeln zwischen den Fingern sanft zusammen drückten. Diese Operation bekam uns vortrefflich.« Erwägungen medizinischer Art schließen sich an, ob die wohltuende Wirkung auf eine Anregung des Blutkreislaufs oder vielmehr auf die Wiederherstellung der Muskelelastizität zurückzuführen sei; auch die Förderung des Appetits als Folge der zarten »Operation« wird vermerkt. Dem wahren aufklärerischen Geist sind selbst angenehme Körperempfindungen in erster Linie Gegenstand der wissenschaftlichen Neugierde.

Die kritische Distanz, die sich auch in solchen Schilderungen äußert, führt in zweierlei Hinsicht über die vergleichsweise naive Bewunderungshaltung eines Bougainville hinaus: Indem Forster ein differenzierteres Bild der Verhältnisse auf Tahiti zeichnet, verabschiedet er die Vorstellung vom Südsee-Paradies bereits wieder, ohne dies allerdings schon eindeutig zu formulieren; darüber hinaus reflektiert er die möglichen Auswirkungen des Kulturkontaktes mit den Europäern auf das Inselvolk.

Mit Blick auf die sexuelle Freizügigkeit der tahitianischen Mädchen und Frauen, die Bougainville noch veranlaßt hatte, die gesamte Insel zum Ort der Seligen zu erklären und in mythische Ferne zu rücken, stellt Forster nüchtern fest, daß diejenigen »liederlichen Weibspersonen«, die sich zu Ausschweifungen mit den Seeleuten bereit fanden, »von der gemeinsten oder niedrigsten Classe sind«. Beachtenswert bei dieser Aussage ist nicht so sehr das moralische Verdict; entscheidend ist, daß er in seiner Bewertung eine Abstufung der tahitianischen Gesellschaft in verschiedene Klassen voraussetzt. Von einem »Naturzustand« kann bei einer solchen Einschätzung nicht mehr die Rede sein. Auf eine für Forster schockierende Weise findet diese Annahme ihre Bestätigung, als er bei einem seiner Streifzüge über die Insel auf einen vornehmen »trägen Wollüstling« trifft, der sich von seinen emsigen Bedienten mit Speisen vollstopfen läßt und den Naturforscher an die »privilegirten Schmarotzer in gesitteten Ländern« gemahnt, die, selbst untätig, allein vom Fleiß ihrer Untertanen leben. Die Hoffnung, eine Gesellschaft entdeckt zu haben, in der noch eine gewisse soziale Gleichheit herrscht, erhält, wie Forster bekennt, durch diesen Anblick einen herben Dämpfer. Die vermeintlich paradiesische Insel ist aus dem geschichtslosen Raum geholt und zumindest prinzipiell

Paul Gauguin,
Tahitianerinnen oder *Frauen am Strand, 1891,*
Musée d'Orsay, Paris

in den allgemeinen, überwiegend tristen Gang der Welthistorie einbezogen.

Auf diesem Weg haben, daran hält auch Forster trotz der wahrgenommenen Anzeichen der Verderbnis fest, die Bewohner Tahitis erst wenige Schritte unternommen. Und er sieht sehr scharf, daß die Begegnung mit der europäischen Zivilisation den Kulturprozeß der Südsee-Völker, nicht zu ihrem Vorteil, nur beschleunigen kann. Dem Aufklärer kommen zumindest leise Zweifel an der eigenen Mission: »Wahrlich! Wenn die Wissenschaft und Gelehrsamkeit einzelner Menschen auf Kosten der Glückseligkeit ganzer Nationen erkauft werden muß; so wär' es, für die Entdecker und Entdeckten, besser, daß die Südsee den unruhigen Europäern ewig unbekannt geblieben wäre.«

Der Faszination, die offenkundig vom Mythos Tahiti als einem Gegenentwurf zur europäischen Zivilisation ausging, haben diese kritischen und selbstkritischen Darstellungen nicht viel anhaben können. Zu verlockend war die Vorstellung vom erreichbaren irdischen Paradies am anderen Ende der Welt, insbesondere für jene, denen die Möglichkeit, dorthin zu gelangen, ohnehin verwehrt war. Die Merkmale, die dieses Traumbild bestimmten – Natürlichkeit, Schönheit, Freizügigkeit, Sinnlichkeit –, hat man seither in den einschlägigen Publikationen geradezu stereotyp wiederholt, bis sie schließlich zu Klischees abgegriffen waren. Nur hin und wieder wurde Einspruch erhoben. Aufmerksamen Beobachtern, die mit den Verhältnissen vor Ort konfrontiert wurden, entging nicht, daß sich der verderbliche Einfluß der Europäer sehr viel schneller auswirkte, als noch Forster voraussehen konnte. Herman Melville etwa, der von 1841 bis 1843 als Matrose die Südsee bereiste und sich vier Wochen als Deserteur auf den Marquesas-Inseln aufhielt, führt in seinem Roman *Taipi* heftig Klage über die »Ungeheuerlichkeiten, die man in der Südsee an harmlosen Insulanern begangen hat«. Den Kolonisierten habe die Zivilisation, wie so oft, nur ihre Laster gebracht, ihre Segnungen habe sie ihnen aber vorenthalten.

Auch der weitgereiste Marineoffizier und Schriftsteller Julien Viaud, der sich nach seinem Romanhelden Pierre Loti nannte, greift in seinem Tahiti-Roman *Le mariage de Loti* (Lotis Hochzeit) das Motiv der Gefährdung des Paradieses durch die Europäer auf, freilich in einer anderen, nämlich sentimentalen Lesart, die den Reiz der Idylle nur noch weiter erhöht. Im Schicksal von Rarahu, der jungen einheimischen Geliebten der männlichen Hauptfigur, kündigt sich das Los ihres ganzen Volkes an: Sie stirbt, als er sein Schiff wieder besteigt und sie allein zurückläßt. Der sorgenfreien, sinnenfrohen Südseewelt ist nach der Begegnung mit der Zivilisation der Europäer der Untergang gewiß, deshalb liegt über ihr ein Schleier der Schwermut, der allerdings, wie Loti schreibt, gerade ihren besonderen »Charme« ausmacht. Im melancholischen Genuß einer vergehenden Welt schafft sich der Bürger des Fin de siècle sein Paradies.

Den Sehnsüchten des zivilisationskranken Malers Paul Gauguin entspricht das idealisierte Bild der Südsee auf nahezu perfekte Weise: Es stellt ein unabhängiges, von Geldsorgen befreites Leben in einer ursprünglichen, vom tropischen Klima verwöhnten Landschaft in Aussicht, bevölkert von schönen, unverdorbenen Menschen, die nicht nur die Befriedigung künstlerischer Bedürfnisse verheißen. Gauguins Entschlossenheit, dem ›verrotteten‹ Europa den Rücken zu kehren, nimmt nach dem gescheiterten Versuch, mit Vincent van Gogh eine Künstlergemeinschaft zu etablieren, stetig zu, die Entscheidung für Tahiti fällt allerdings relativ spät. Über viele Monate hin vagabundiert die Idee, ein Atelier in den Tropen zu errichten, im Raum seiner Phantasie noch ziellos umher und knüpft sich mal an jenen, dann wieder an einen anderen Namen. Zunächst erwägt er, erneut nach Martinique zu gehen, dann zeigt er sich begeistert vom Fernen Osten und bemüht sich um eine Stelle in Tongking (Indochina), zwischenzeitlich steht sein Entschluß »unwiderruflich« fest, nach Madagaskar zu fahren und dort ein Haus aus Lehm zu kaufen.

Eine wichtige Inspirationsquelle für Gauguins Auswanderungspläne war die Pariser Weltausstellung von 1889. In ihr präsentierte sich Frankreich nicht nur als fortschrittliche, den technischen Neuerungen gegenüber aufgeschlossene Nation, sondern auch als Kolonialmacht. In der separaten Abteilung an der Esplanade des Invalides war eine exotische Architekturkulisse aufgebaut, die auf klei-

Paul Gauguin,
Les parau parau – Das Gespräch (I), 1891,
Staatliche Eremitage, Sankt Petersburg

nem Raum eine Reise – zu Fuß oder in Rikschas – durch die gesamte französische Kolonialwelt gestattete. Die von der Grande Nation eingemeindeten Bewohner der verschiedenen Kontinente waren gleich mitzubesichtigen; es gab beispielsweise ein ›Kanakendorf‹, Gruppen aus Senegal und dem Kongo, im übrigen auch einen Tahiti-Pavillon. Gauguin machte ausgiebig Gebrauch von der Möglichkeit, Einblicke in fremde Welten – nicht nur der französischen Einflußsphäre – zu nehmen. Besonders beeindruckt zeigte er sich von den Nachbildungen kambodschanischer Reliefs an der Pagode von Angkor, von den ›Hindutänzen‹ im javanischen Dorf und von der spektakulären *Great Wild West Exhibition* des William Cody, besser bekannt unter dem Namen Buffalo Bill. Kurioserweise scheint er in ihm, dem in der Wildnis zum halben Indianer gewordenen Kavallerieoffizier, einen Seelenverwandten gesehen zu haben. Er läßt sich die Haare lang wachsen, trägt einen Cowboyhut und übt sich am Strand von Le Pouldu im Speerwerfen »wie Buffalo Bill«. Der auf der Weltausstellung errichtete Tahiti-Pavillon übrigens hat offenbar weder bei Gauguin noch beim großen Publikum große Beachtung gefunden, was unter anderem darauf zurückzuführen sein dürfte, daß nur tahitianische Frauen mittleren Alters zugegen waren – gemäß einer Anordnung des Kolonialministers, der lediglich verheirateten Tahitianerinnen von untadeligem Ruf die Teilnahme gestattete.

Noch bis zum Sommer 1890 hält Gauguin an seinem Vorhaben fest, nach Madagaskar zu gehen; erst danach, auf einen Rat von Camille Redon hin, der aus Réunion stammenden Frau des Malers Odilon Redon, nimmt er Abstand von dem Plan. Den Ausschlag haben dabei vermutlich Hinweise auf vergleichsweise hohe Lebenskosten auf der Insel vor der Ostküste Afrikas gegeben. Dann also doch, wie bereits erwogen, Tahiti, über das Gauguin kurz zuvor in einem Brief an Bernard noch geschrieben hatte, es sei bedauerlicherweise so weit entfernt. Nun, als der Entschluß feststeht, wird das Argument von Gauguin kurzerhand umgedreht. Er schreibt an Odilon Redon: »Madagaskar ist noch zu nahe an der zivilisierten Welt. Ich werde nach Tahiti gehen…« Wie so oft ist Gauguin auch hier bemüht, pragmatische Entscheidungen so zu begründen, daß sie bruchlos dem eigenen Lebensentwurf eingefügt werden können.

Vermutlich in diesen Monaten hat Gauguin den Tahiti-Roman Pierre Lotis gelesen, und zweifellos hat ihn dessen Schilderung einer verklärten Südseewelt in seinem Entschluß bestärkt. Noch wichtiger allerdings dürfte für ihn das vom Kolonialamt zur Weltausstellung herausgegebene Handbuch gewesen sein, das er von Bernard erhalten hatte. Hier wird von offizieller Seite – durchaus in propagandistischer Absicht – noch einmal das bestätigt, was seit Bougainville und Commerson als gängiges Klischee kursierte: das Bild einer paradiesischen Idylle, in der schöne, freundliche Menschen in einem ewigen Sommer ohne Arbeit ihr Leben genießen. So wird tatsächlich der Eindruck erweckt, man könne dort ein bequemes Dasein fristen, ohne über größere Geldmengen zu verfügen. Auch der Gauguin sicher willkommene Hinweis, daß die tahitianischen Frauen sich hervorragend als Modelle für einen Künstler eignen, fehlt nicht. Um zukünftigen Kolonisten alle Besorgnisse zu nehmen, wird außerdem versichert, daß »Mord und Diebstahl auf Tahiti nahezu unbekannt seien«.

Das Vorhaben Gauguins, sich in einen entlegenen Winkel der Welt zurückzuziehen, um dort zu malen, erregt in den Pariser Künstler- und Literatenzirkeln einiges Aufsehen, insbesondere im Kreis der Symbolisten, zu dem sich im Herbst 1890 ein engerer Kontakt ergeben hatte. Den symbolistischen Dichtern, deren ästhetischer Grundansatz – Verzicht auf die Wiedergabe der äußeren Wirklichkeit – mit dem Gauguins durchaus vergleichbar ist, mag der Lebensweg des Malers wie die Realisierung eines poetischen Motivs, wie die Fortsetzung der Dichtung mit anderen Mitteln erschienen sein. Von der Ausfahrt aufs Meer, dem Aufbruch in andere Welten hatten bereits Charles Baudelaire und Stéphane Mallarmé geschrieben. Das Gedicht *Brise Marine* (Seewind) von Mallarmé etwa beginnt mit den Zeilen: »Das Fleisch ist müde, ach! Die Bücher sind gelesen. / Entfliehn! Hinweg! Ich such der Vögel trunknes Wesen, / das zwischen fremdem Gischt und Himmelsbläue schwebt!«

Um sich die finanziellen Mittel für die große Reise zu verschaffen, veranstaltet Gauguin eine öffentliche Verstei-

Paul Gauguin,
Die Mahlzeit oder Die Bananen, 1891,
Musée d'Orsay, Paris

gerung seiner Werke, und er sorgt mit der Inszenierung einer regelrechten ›Medienkampagne‹ dafür, daß ihr auch genügend Beachtung geschenkt wird. Auf seine Bitte hin wendet sich Mallarmé an den Schriftsteller und Kunstkritiker Octave Mirbeau, der seine Unterstützung zusagt und einen langen, mitunter angestrengt pathetisch wirkenden Essay über Gauguin verfaßt. Er wird am 16. Februar 1891 in *L'Écho de Paris* veröffentlicht, ein zweiter Artikel von Mirbeau folgt zwei Tage später in *Le Figaro*, auch der Kritiker Roger Marx und der Schriftsteller Jean Dolent publizieren Beiträge in verschiedenen Pariser Zeitungen. Die Versteigerung am 23. Februar 1891 im Hôtel Drouot wird ein respektabler Erfolg. Von den 30 ausgestellten Bildern finden 29 einen Käufer, Gauguin erzielt einen Nettogewinn von weit über 7000 Francs. Das breite Publikum hält sich zwar nach wie vor zurück, in Künstler- und Kritikerkreisen aber genießt Gauguin kurz vor seiner Abreise große Achtung – der Prophet beginnt interessant zu werden, wenn er sich anschickt, das eigene Land zu verlassen.

Nach seiner Rückkehr von einem Kurzbesuch in Kopenhagen, bei dem er sich offenbar mit seiner Frau Mette aussöhnt, trifft Gauguin die letzten Reisevorbereitungen. Vom ›Ministerium für Erziehung und die Schönen Künste‹ wird er auf seinen Antrag hin mit einer unbesoldeten »künstlerischen Mission« betraut. Er beabsichtige, so formuliert Gauguin in seinem Gesuch, in Tahiti »eine Reihe Bilder des Landes zu malen, dessen Charakter und Beleuchtung ich erforschen möchte«. Das Ministerium erwirkt außerdem bei der Schiffahrtsgesellschaft einen Preisnachlaß von 30 Prozent für Gauguins Fahrkarte zweiter Klasse.

Am 23. März wird für ihn im *Café Voltaire*, dem Treffpunkt der Symbolisten an der Place de l'Odéon, ein großes Abschiedsbankett ausgerichtet, an dem 40 Personen, unter ihnen Odilon Redon, Stéphane Mallarmé, Charles Morice, Paul Sérusier und Daniel de Monfreid, teilnehmen. Man frönt ausgiebig den Freuden der französischen Tafel – und Gauguin, der gutes Essen immer zu schätzen wußte, dürfte in dieser Runde schmerzlich bewußt geworden sein, daß er auch manche Segnung der Zivilisation hinter sich lassen würde. Die Speisenfolge des lukullischen Menus ist wie folgt überliefert:

∞

Suppen
Saint-Germain · Tapioka

∞

Hors d'œuvre
Butter · Oliven · Wurstaufschnitt

∞

Glattbutt in Sauce Dieppoise

∞

*Fasanenragout mit Champignons
Gebratene Lammkeule
Weiße Bohnen Maître d'Hôtel*

∞

Brie

∞

*Früchtekorb
Glasierte Petits Fours*

∞

Beaujolais

∞

An der opulenten Tafel feiern die Künstler und Literaten ausgiebig Gauguin und, wie immer, auch sich selbst. Man spricht Toasts auf den Scheidenden aus, Gedichte werden rezitiert, mehr oder minder mitreißende Reden gehalten. Stéphane Mallarmé, der ›Meister‹, der den Vorsitz führt, verabschiedet den Maler mit folgenden Worten: »Meine Herren, um das Dringlichste vorwegzunehmen, trinken wir auf Paul Gauguins Rückkehr; aber nicht ohne das großartige Gewissen zu bewundern, das ihn im Glanz seines Talents in die Ferne und zu sich selbst vertreibt, um sich neu zu stählen.« Der Weg in die Ferne als Aufbruch zu sich selbst – knapper läßt sich der Sinn des Unternehmens nicht zusammenfassen.

Neun Tage später, am 1. April 1891, folgt Paul Gauguin der Forderung seines »Gewissens« und geht in Marseille an Bord der *L'Océanien*.

Tropische Fruchtsaucen

∾

*600 g Fruchtfleisch,
püriert
wahlweise Passionsfrüchte,
Mangos,
Papayas,
Bananen
1 Tasse Wasser
1/2 Vanilleschote
100 g Puderzucker
1 Tasse Kokosnußmilch
(Rezept s. S. 30)*

∾

Das Wasser mit dem Mark der Vanilleschote und dem Puderzucker aufkochen; erkalten lassen. Das Fruchtpüree mit dem aromatisierten Wasser und der Kokosnußmilch mischen.

∾

Gebratener Roter Soldatenfisch in Kokosnussmilch

∽

für 4 Personen:

*8 Rote Soldatenfische,
ersatzweise Meerbarben
oder Red Snapper-Filets
(ca. 1.100 g)
4 EL Mehl
1 EL Butter
2 Limonen
1 Tasse Kokosnußmilch
(Rezept s. S. 30)
Salz
Pfeffer
Öl*

∽

Die Fische schuppen, ausnehmen, waschen und gründlich mit Küchenpapier abtupfen. Danach in Mehl wälzen, würzen und in Butter und Öl bei mittlerer Hitze etwa 5 Minuten lang von beiden Seiten braten. Die Fische auf eine vorgewärmte Platte geben, deren Rand mit Limonenscheiben garniert wird.

Öl und Butter aus der Pfanne entfernen und die Kokosnußmilch hineingeben. Zum Kochen bringen und unter Rühren 1 Minute köcheln lassen. Dann die warme Milch über den Fisch geben und ihn sofort servieren.

∽

Tropischer Garnelensalat

~

für 4 Personen:

1 grüne Papaya
1 grüne Mango
1 große Avocado
20 Garnelen,
gekocht
Salatblätter
60 ml Olivenöl
30 ml Zitronensaft
Fruchtfleisch einer Kokosnuß,
geraspelt
etwas Schnittlauch,
kleingeschnitten
Salz

~

~

Aus Öl, Zitronensaft und Salz eine leichte Salatsauce zubereiten. Die Papaya und die Mango in sehr kleine Stücke schneiden und in der Tellermitte anrichten. Die Salatblätter rundherum arrangieren und die Avocadoscheiben und Garnelen darauflegen. Die Sauce darübergeben und mit Kokosraspeln und Schnittlauch garnieren.

~

Kokosnuss-Meringe-Kuchen

～

für den Teig:
1 Tasse Mehl
2/3 Tasse Butter
3/4 Tasse Wasser
Salz

für die Füllung:
6 Eier
1 Tasse Zucker
Mark einer Vanilleschote
2 1/4 Tassen Milch
Salz
Fruchtfleisch einer Kokosnuß, geraspelt

für die Meringe:
1 1/2 Tassen Wasser
1/2 Tasse Zucker
4 Eiweiß

～

Teig: Alle Zutaten in einer Schüssel mischen. Eine runde Kuchenform (Durchmesser: 20 cm) einfetten und mit dem Teig auskleiden. Den Boden mehrmals mit einer Gabel einstechen und 20 Minuten bei 200 Grad im vorgeheizten Ofen backen.

Füllung: Alle Zutaten bis auf die Kokosraspel in einer Schüssel kräftig miteinander verschlagen. Die Mischung durch ein feines Sieb streichen. Dann die Füllung in die Kuchenform gießen und im vorgeheizten Backofen bei 200 Grad etwa 30 Minuten backen.

Meringe: In einem kleinen Topf Wasser und Zucker verrühren und bei hoher Temperatur zu Sirup einkochen. Die Eiweiße steif schlagen, den heißen Sirup zugeben und weiterschlagen, bis die Masse sehr fest geworden ist. Den Kuchen aus dem Ofen nehmen und die Meringe darauf geben. Anschließend nochmals etwa 10 Minuten backen.

Vor dem Servieren die Meringehaube mit den Kokosraspeln bestreuen.

～

Exotische Frucht-Beignets

~

für 4 Personen:

*wahlweise:
Bananen, Ananas, Papayas,
Pampelmusen mit Vanillearoma
250 g Mehl
5 g Salz
20 g Zucker
2 EL Butter
150 ml Bier
200 ml Wasser
2 Eiweiß
Vanillezucker
Kokosnußmilch
(Rezept s. S. 30)
Öl zum Fritieren*

~

Mehl, Salz, Zucker und Butter mischen. Mit dem lauwarmen Wasser und dem Bier verdünnen und im Warmen zwei Stunden ruhen lassen. Dann das steifgeschlagene Eiweiß unterheben.

Die Früchte schälen und in Stücke schneiden. Die Fruchtstücke in den Teig tauchen und in heißem Öl bei großer Flamme fritieren, bis sie Farbe bekommen und der Teig aufgeht. Kurz vor dem Servieren Vanillezucker und Kokosnußmilch auf die Beignets geben.

Die Fruchtstücke können zuvor in Rum eingelegt werden.

Mit Vanille gebackene Papaya

~

*1 Papaya
1 TL Butter
1/2 Vanilleschote
1 TL brauner Zucker
2 EL Kokosnußmilch
(Rezept s. S. 30)*

~

Die Papaya in der Mitte durchschneiden und die Butter, das Vanillemark und den Zucker auf den Hälften verteilen. 5–7 Minuten lang im vorgeheizten Ofen bei 100 Grad backen. Herausnehmen, die Kokosnußmilch zugeben und heiß servieren.

Pampelmuse mit Vanillearoma

~

*1 Pampelmuse
Zucker
1 Vanilleschote*

~

Am Vortag, mindestens 24 Stunden vor der Zubereitung von Beignets, die Pampelmuse schälen und in Scheiben schneiden. Das Mark der Vanilleschote mit dem Zucker mischen und die Fruchtscheiben damit bedecken.

Am Tag der Weiterverwendung die Pampelmusenscheiben mit Küchenpapier abtupfen, um überschüssigen Zucker zu entfernen.

TRADITIONELLE POLYNESISCHE PLATTE
(S. 84/85)

∽

für 8 Personen:

∽

HÜHNCHEN FAFA

∽

Fafa sind die Blätter der Taro-Staude, die gut durch Spinatblätter ersetzt werden können.

∽

2 Hühnerschenkel, gewürfelt
2 Hühnerfilets, gewürfelt
1 Zwiebel, kleingeschnitten
1 Knoblauchzehe, zerdrückt
300 g frischer Spinat
1 Tasse Wasser
1 Tasse Kokosnußmilch (Rezept s. S. 30)
50 g Butter
2 EL Öl
Salz und Pfeffer

∽

Das Öl in einer Kasserolle erhitzen und das Fleisch, den Knoblauch und die Zwiebel darin bräunen. Spinat, Butter, Wasser, Salz und Pfeffer hinzufügen, dann alles im verschlossenen Topf im vorgeheizten Backofen bei 200 Grad 30 Minuten lang garen. Danach die Kokosnußmilch dazugeben und nochmals abschmecken.

∽

Pua Chou
(Schweinefleisch-Kohl-Topf)

~

1/2 kg Schweinefleisch, gewürfelt
1/2 Zwiebel, gewürfelt
1/2 Knoblauchzehe, fein geschnitten
100 g Möhren, in großen Stücken
100 g Kohlrüben, in großen Stücken
1 kg Weißkohl, grob zerkleinert
Petersilie, grob gewiegt
2 EL Öl
0,5 l Wasser
Salz

~

Die Fleischwürfel mit der Zwiebel und dem Knoblauch in einer Kasserolle in heißem Öl bräunen. Dann mit Wasser aufgießen, bis alles bedeckt ist, und salzen. Nach 30 Minuten Kochzeit die Möhren-, Kohlrübenstücke und den Kohl dazugeben und nochmals 30 Minuten kochen lassen. Zum Schluß abschmecken und mit Petersilie bestreuen.

~

Gebratenes Ferkel

~

1 kg Spanferkel
3/4 Glas Austernsauce
3/4 Glas Sojasauce
Petersilie, grob gewiegt

~

Die Saucen und Kräuter zusammen in eine Schüssel geben und das Fleisch darin zwei Stunden marinieren; nach einer Stunde wenden. Das Fleisch anschließend im Backofen 45–60 Minuten bei 190 Grad braten.

~

Fritierte Brotfrucht

~

1 Brotfrucht
Öl
zum Fritieren
Salz

~

Die Brotfrucht schälen und vierteln. 3 Minuten in Salzwasser kochen, danach mit Küchenpapier trockentupfen. In 1,5 cm dicke Stifte schneiden und diese fritieren. Vor dem Servieren salzen.

~

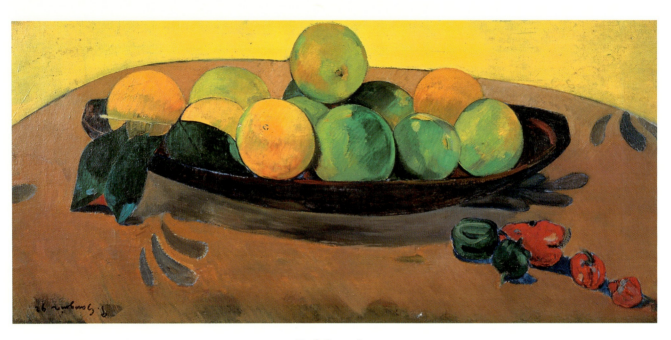

Paul Gauguin,
Exotische Früchte und Paprika, 1892,
Privatbesitz

∽

»Ich brauche in jedem Land eine Incubationszeit,
um jedesmal das Wesen der Pflanzen, Bäume, kurz der ganzen Natur
kennenzulernen, die so verschieden und kapriziös ist,
sich nie erraten lassen, nie hingeben will.«
Paul Gauguin, *Vorher und Nachher*

∽

Das Atelier der Tropen

Wer aufbricht, das Paradies zu finden, läuft Gefahr, in der Hölle zu landen. Zumindest wird er die Erfahrung machen, daß dem Irdischen nicht zu entkommen ist – und daß in der real existierenden Welt beide Extreme dicht beieinanderliegen, daß der süße Traum vom paradiesischen Idyll sich sehr leicht zum höllischen Alptraum verzerren kann. Auch Gauguin ist diese Erfahrung nicht erspart geblieben. Er, der glaubte, das ›verrottete‹ Europa nun hinter sich gelassen zu haben, mußte bereits kurz nach seiner Ankunft in Tahiti feststellen, daß dem Zauber der Südsee die Fäulnis schon erheblich zugesetzt hatte und die Verhältnisse in Papeete, der Inselhauptstadt, sogar noch beklagenswerter waren als in seinem Heimatland. »Das Leben zu Papeete wurde mir bald zur Last«, heißt es in Gauguins Buch *Noa Noa*, der literarischen Verarbeitung seines ersten Tahiti-Aufenthaltes. »Das war ja Europa – das Europa, von dem ich mich zu befreien geglaubt hatte! – und dazu noch unter den erschwerenden Umständen des kolonialen Snobismus und der bis zur Karikatur grotesken Nachahmung unserer Sitten, Moden, Laster und Kulturlächerlichkeiten. Sollte ich einen so weiten Weg gemacht haben, um das zu finden, gerade das, dem ich entflohen war?«

Daß Gauguin einer Welt begegnet, die zum Untergang verurteilt ist, wird durch ein Geschehnis auf geradezu sinnbildliche Weise veranschaulicht. In einer in der Tat bemerkenswerten Koinzidenz der Ereignisse stirbt drei Tage nach der Ankunft Gauguins in Papeete, am 12. Juni 1891, Pomare V., der letzte König Tahitis. Die Begräbniszeremonien folgen weitgehend europäischem Muster, der Leichnam des Herrschers wird mit einer französischen Admiralsuniform bekleidet aufgebahrt, zwischen den Totenklagen der Einheimischen meint Gauguin die *Sonate Pathétique* zu vernehmen, am Sarg hält der Gouverneur der Insel eine der üblichen Reden. Pomare V. hatte zwar schon 1880 abgedankt – wofür er von den französischen Kolonialherren mit einer großzügigen monatlichen Pension ausgestattet worden war –, und er zeigte sich an der ursprünglichen Kultur seines Volkes wenig interessiert, für Gauguin aber war sein Tod gleichbedeutend mit dem Ende des traditionellen Tahiti. An seine Frau schreibt er im Juli 1891: »Der Tod des Königs Pomare stimmt mich traurig. Tahiti wird nun ganz französisch werden, und mit der Zeit wird der alte Zustand der Dinge dahinschwinden. Unsere Missionare haben schon viel protestantische Heuchelei hierher verpflanzt und einen Teil der Poesie zum Verschwinden gebracht.« Und er fügt hinzu: »Gar nicht zu reden von der Lustseuche, die die ganze Rasse befallen hat, ohne sie, meiner Treu, häßlicher zu machen.« Hinter der schönen Oberfläche lauert in der Tat der Verfall; nach Auskunft der zu jener Zeit auf Tahiti tätigen Ärzte der Kolonialverwaltung war der größte Teil der einheimischen Frauen mit der Syphilis infiziert.

Obwohl Gauguin in Papeete völlig andere Verhältnisse antrifft als erwartet und erhofft, bleibt er mehr als drei Monate in dem Ort. Da der Gouverneur nicht im Ernst daran glauben mag, daß man den in offizieller Mission Reisenden nur mit einem künstlerischen Auftrag um die halbe Welt schickt, vielmehr einen Spion der Regierung in ihm vermutet, wird ihm, in den ersten Wochen zumindest, besondere Aufmerksamkeit zuteil. Ein in Tahiti stationierter Schiffsoffizier namens Jénot, mit dem sich Gauguin anfreundet, vermittelt ihm eine Unterkunft, führt ihn in den Offiziersklub ein und stellt den Kontakt zu Kolonialbeamten und einigen Zivilisten her, unter ihnen der Bürgermeister Papeetes, ein Rechtsanwalt, auch ein Eiscrèmehändler – für Gauguin alle potentielle Auftraggeber für Porträts. Eine Zeitlang gibt sich der Maler als Kolonist, er verkehrt in den Kreisen der in Papeete wohnenden Europäer, trifft sich regelmäßig am Nachmittag mit ihnen im Klub und paßt sich ihren Kleidungsgewohnheiten an. Die Männer trugen damals in der Regel ein weißes Jackett mit Stehkragen, dazu weiße oder auch blaue Leinenhosen, weiße Leinenschuhe und einen breitkrempigen Strohhut.

Gauguin fertigt in diesen Monaten hauptsächlich Skizzen an, außerdem porträtiert er die Kinder seiner Nachbarn und führt Schnitzarbeiten aus. Jénot schildert beispielsweise, wie Gauguin bei einem der Besuche, die er ihm in seinem Haus abstattet, einige Werkzeuge hervorholt und ihn fragt, ob er eine ovale, mit einem Griff an jeder Seite versehene *Popoi*-Holzschale bearbeiten könne, die als Behältnis für die aus den Früchten des Brotfruchtbaumes hergestellte Breispeise (*Popoi*) dient. Jénot erklärt sich einverstanden, Gauguin nimmt die Schale in die Hand, betrachtet sie eingehend und fängt »plötzlich, ohne weitere Vorbereitungen« an zu schnitzen. »Ich schaute dabei zu«, schreibt Jénot, »sagte aber nichts, denn wenn Gauguin arbeitete, war er stumm und sogar taub.«

Solche Versuche sind freilich nichts anderes als künstlerische Vorarbeiten auf dem neuen Terrain, erste Annäherungen an das Material, das sich ihm darbietet. Und auch die Rolle des Kolonisten, die er vorübergehend spielt, wird bald wieder abgestreift. Schließlich ist er, nach eigenem Verständnis, nicht als Abgesandter der Zivilisation nach Tahiti gekommen, sondern mit der Absicht, in der Ursprünglichkeit der Natur und seiner Bewohner den Nährboden für eine weitere Entfaltung seiner künstlerischen Schaffenskraft zu finden. Mehr noch, er reklamiert für sich selbst den Status als ›Wilder‹ und grenzt sich damit von vornherein von seinen Landsleuten ab, die in Papeete mehr oder minder überzeugend ein europäisches Dasein simulieren. Daß ihn dieser Anspruch nicht davon abgehalten hat, sich von der französischen Regierung mit einer offiziellen Mission ausstatten zu lassen und von den damit verbundenen Privilegien bei seiner Ankunft in Tahiti auch ausgiebig Gebrauch zu machen, zeigt einmal mehr, wie spannungsvoll der Selbstentwurf Gauguins ist: Als programmatische Forderung aufgestellt, bleibt die ›Wildheit‹ zwangsläufig an ihren Gegenpol, die ›Zivilisiertheit‹, gebunden. Die interne Dichotomie ist prinzipiell nicht auflösbar, sondern führt immer wieder konsequent in eine Identitätskrise, die Gauguin als Person existentiell in Frage stellt, zugleich aber die Bedingung seines künstlerischen Schaffens ist. Der Abschied vom europäisierten Papeete, der Entschluß, die

›Fronten‹ zu wechseln und in das Innere des Landes zu gehen, kann darum als erneuter Versuch Gauguins verstanden werden, den geeigneten Ort für sich zu finden – einen Ort, an dem er leben und sein Atelier der Tropen einrichten kann und der es ihm zugleich erlaubt, den eigenen Standpunkt zu bestimmen.

Gauguin läßt sich in Mataiea nieder, einem Distrikt an der Südküste des Hauptteils von Tahiti, etwa 45 Kilometer von Papeete entfernt. Er mietet eine nach traditioneller Art aus Bambusrohr gebaute Hütte, mit einem luftigen Dach aus geflochtenen Pandanusblättern; der Boden des einzigen Raumes ist mit trockenem Gras belegt. Direkt an der Hütte vorbei fließt ein kleiner Bach, in dem man baden kann, in einer Entfernung von knapp 200 Metern rauscht, durch Bäume und hohe Bambussträucher verdeckt, das Meer. In der Nähe seiner Behausung befindet sich eine weitere kleine Hütte mit einem Erdofen, in der gekocht wird. Diese auf der Insel damals übliche Aufteilung des Wohn- und Kochbereiches geht noch auf eine traditionelle Regel der tahitianischen Gesellschaft zurück, die gemeinsame Mahlzeiten von Männern und Frauen ausschloß, unter ›Tabu‹ – ein tahitianisches Wort! – stellte. In diese strikte Trennung war auch das Kochen einbezogen, so daß die Zubereitung der Speisen immer außerhalb des Wohnbereichs vorgenommen wurde.

Die erste Nacht in seiner neuen, von der ›Melodie‹ der einfallenden Mondstrahlen erfüllten Behausung erlebt Gauguin als Befreiung; so stellt er es zumindest in dem Buch *Noa Noa* dar. »Zwischen dem Himmel und mir nichts als das hohe, leichte Dach von Pandanusblättern, in denen die Eidechsen nisten. Ich bin weit fort von jenen Gefängnissen, den europäischen Häusern! Eine maorische Hütte trennt den Menschen nicht vom Leben, von Raum und Unendlichkeit…« Die Schilderung der Umgebung und der dort wohnenden Menschen entwirft ein idyllisches Bild, das sich den bekannten Vorstellungen fügt. Die ›Wilden‹ führen danach ein einfaches, glückliches Leben »ohne größere Anstrengung, als die täglichen Bedürfnisse es erforderten – ohne die geringste Sorge um Geld«. Hat Gauguin also hier in Mataiea endlich den gesuchten paradiesischen Ort gefunden?

DAS ATELIER DER TROPEN

Diese Frage schlicht zu bejahen hieße, den Charakter des Buches *Noa Noa* – zu übersetzen mit »Duft« oder »Wohlgeruch« – gründlich mißzuverstehen. Es ist keinesfalls als dokumentarischer Bericht über Gauguins ersten Tahiti-Aufenthalt aufzufassen, sondern eine in vielerlei Hinsicht durchaus beschönigende, selektiv verfahrende Darstellung gemachter Erfahrungen, die überdies von dem mit Gauguin befreundeten symbolistischen Dichter Charles Morice stark redigiert wurde. Und sie ist als literarische Verklärung einer künstlerischen ›Mission‹ sehr genau auf die Erwartungen eines durch die Romane Pierre Lotis mit exotischen Themen und Schauplätzen vertrauten Publikums hin berechnet. Was Gauguin in seiner Beschreibung der Verhältnisse in Mataiea ausblendet, ist beispielsweise die Tatsache, daß auch dieser Distrikt schon europäisch dominiert war. In der Siedlung mit den locker über ein weites Gebiet verstreuten Hütten hatten sich bereits die beiden christlichen Konfessionen ihren Platz gesichert, sie hatten ihre Gotteshäuser erbaut und Schulen eingerichtet. Wie streng auf die Einhaltung der guten Sitten geachtet wurde, mußte Gauguin erfahren, als er beim Nacktbaden beobachtet und daraufhin vom Distriktsoberhaupt ermahnt wurde. Symbolträchtiger läßt sich kaum darlegen, daß die Vertreibung aus dem Paradies auch hier schon längst vollzogen war.

Andererseits aber schlagen auch die Bemühungen Gauguins fehl, sich dem Leben der einheimischen Bevölkerung anzupassen, soweit es noch in ursprünglichen Bahnen verläuft. Schon das Erlernen der Landessprache fällt dem Maler, so berichtet unter anderem Leutnant Jénot, außerordentlich schwer. Gauguin habe »eine irritierende Fähigkeit zu vergessen, die Silben zu vertauschen oder zu verdrehen«, was Jénot auf das fortgeschrittene Alter seines Freundes zurückführt. Wie aussichtslos der Versuch war, sich von den Gewohnheiten der eigenen Zivilisation zu lösen und die der fremden anzunehmen, wird aber nirgends so deutlich wie bei der Frage der Nahrungsbeschaffung und -zubereitung. Die Tahitianer in Mataiea sind in der Tat noch nicht von der Sorge um das Geld umgetrieben; sie sind in der Lage, sich ausschließlich von dem zu ernähren, was die Natur ihnen bietet.

Ihre Nahrung besteht vorwiegend aus Knollenpflanzen, Früchten, Fisch und Krustentieren; der Genuß von Schweinefleisch ist meist den wohlhabenderen Familien vorbehalten. Zu den Grundnahrungsmitteln zählen die stärkehaltigen Knollen des Taro und der Jamswurzel, beides seit Jahrhunderten in Polynesien kultivierte Pflanzen. Sie werden in ähnlicher Weise zubereitet und verzehrt wie die Kartoffel: Man schält und wäscht sie und dünstet sie dann im Erdofen. Gegessen werden sie am Stück oder auch zerstampft. Aus jungen Taroblättern kann man ein Gemüse bereiten, die Blätter müssen jedoch ebenfalls gekocht werden, roh sind sie nicht genießbar.

Für die bis zu eineinhalb Kilo schweren Früchte des Brotfruchtbaums, der zur Familie der Maulbeergewächse gehört, sind verschiedene Zubereitungsarten bekannt. Sie werden entweder gemahlen, zu einer Art Brot gebacken und geröstet oder zu dem bereits erwähnten, *Popoi* genannten Brei verkocht. Im rohen Zustand getrocknet, sind sie sehr lange haltbar. Gauguin konnte sich für dieses auf Tahiti alltägliche Nahrungsmittel überhaupt nicht begeistern, in einem Brief an seine Frau spricht er von einer »fade schmeckenden Frucht«.

Häufig verwendet wird in der tahitianischen Küche auch die Kochbanane, sie muß, wie der Name bereits andeutet, vor dem Verzehr gekocht oder gebacken werden. Die großen grünen Blätter der Bananenstaude dienen als dekorative Speiseunterlage. Eine wichtige Rolle als Vitaminlieferant spielt die Mango, ein Obst mit faserigem Fruchtfleisch und intensivem, leicht säuerlichem Geschmack. Mangofrüchte sind auf mehreren Gemälden Gauguins zu sehen, ebenso die weit ausladenden, schattenspendenden Mangobäume.

Fast unbegrenzte Verwertungsmöglichkeiten bietet die Kokospalme, daher auch ›Baum des Lebens‹ genannt. Das Fruchtwasser der jungen, grünen Nüsse rühmte schon Georg Forster: »Seine kühlende Eigenschaft und anderen Bestandtheile, machen es zu einem herrlichen Labetrunk, der in diesen heissen Himmelsgegenden den Durst, ohne Zweifel besser als jedes andre Getränk, löscht.« In der Küche wird die aus dem Fruchtfleisch herausgepreßte fettreiche Milch für die Zubereitung von Saucen und Suppen verwen-

*Tropische Fruchtsaucen,
in Kokosnußhälften angerichtet
(Rezept Seite 79)*

det, das getrocknete und zerkleinerte Kokosmark, die Kopra, verarbeitet man zu Speisefett. Aus der harten Schale der Nuß stellen die Tahitianer Trinkschalen her, auch die anderen Bestandteile des Baumes werden verwertet, für den Bau von Hütten, Möbeln und Gebrauchsgegenständen, als Dachabdeckung oder zur Fertigung von Seilen. Auch ein Kosmetikum wird aus der Kokospalme gewonnen: Das aus dem Fruchtfleisch produzierte Öl eignet sich hervorragend, wie Forster bemerkt, »zur Salbung der Haare und des Cörpers«.

Es ist in der Tat ein fruchtbares, gesegnetes Land, in dem Gauguin lebt; die bittere Ironie ist nur, daß er, anders als die Einheimischen, nicht in der Lage ist, das reiche Angebot der Natur zu nutzen. Er versteht sich nicht auf die Herstellung der einheimischen Gerichte, und ebensowenig vermag er die Nahrungsmittel heranzuschaffen. Um etwa die wild wachsenden Bananen zu pflücken, sind strapaziöse Wanderungen in die Berge erforderlich, und die ausgefeilten Techniken des Fischens in den hiesigen Gewässern beherrscht Gauguin nicht. An jagdbaren Tieren gibt es auf Tahiti nur verwilderte Schweine, aber ein Ausflug in die unwegsamen Teile der Insel bedeutet für einen Ortsunkundigen ein zu großes Risiko. Auf sehr unmittelbare Weise, nämlich im bedrängenden Hungergefühl, wird dem Kulturmenschen bewußt, wie weit er sich von der Natur entfernt hat. In *Noa Noa*, in der literarischen Projektion, greifen die ›Wilden‹ hilfreich ein. Dem mit leerem Magen betrübt in seiner Hütte sitzenden Maler stellt ein kleines Mädchen »gekochtes Gemüse und sauber von frisch gepflückten grünen Blättern umhüllte Früchte« vor die Tür. Und wenig später heißt es: »Meine Nachbarn sind mir Freunde geworden. Ich esse und kleide mich wie sie.«

In der prosaischen Wirklichkeit hingegen muß Gauguin eine Konsequenz ziehen, die einer Demütigung gleichkommt und zudem seine finanziellen Reserven sehr viel schneller aufzehrt als geplant: Den Großteil seiner Lebensmittel kauft er in dem Laden, der nicht weit von seiner Hütte entfernt von einem Chinesen betrieben wird. Da die Einheimischen grundsätzlich nicht mit Nahrungsmitteln handeln, Gauguin also auch keine frischen Waren von ihnen kaufen kann, ist er auf das angewiesen, was der Laden führt: Konserven, Bohnen, Reis, Nudeln – und Alkoholika. Die Preise für diese Importartikel sind selbstverständlich sehr hoch; eine Büchse Corned Beef beispielsweise kostet zwischen 2,50 und 3,50 Francs, für eine Flasche Absinth muß Gauguin 7 Francs bezahlen. Was die Bewältigung des alltäglichen Lebens betrifft, verweigert sich das ›wilde‹ Tahiti dem Zivilisationsflüchtling als alternatives Identifikationsmuster. Gauguin steht damit, nach Maßgabe seines Selbstverständnisses, buchstäblich auf verlorenem Posten. Die Aufgabe, die angestrebte Position trotzdem zu erringen, muß einmal mehr delegiert werden, an die Malerei und diesmal, mit seinem Werk *Noa Noa*, auch an die Literatur.

Gauguin benötigt wieder seine »Inkubationszeit«, wie er sie einmal genannt hat, um sich soweit mit der Landschaft und den Menschen vertraut zu machen, daß er ein seiner Umgebung und zugleich seinen eigenen Anforderungen gemäßes Darstellungskonzept entwickeln kann. Und die Eingewöhnungsphase währt diesmal, in dem vollkommen fremden Ambiente, besonders lange. Erst im Juni 1892, also ein Jahr nach seiner Ankunft in Tahiti, kann er seiner Frau mitteilen: »Ich bin mit meinen letzten Arbeiten ziemlich zufrieden. Ich fühle, daß sich der Charakter der Südseeinseln mir erschließt.« Das langsame Eindringen in die für ihn neue Welt, das sich Schritt für Schritt vollzieht und bei dem alles »natürlich aufeinander folgt« wie bei der Bildung einer Korallenbank, läßt sich auch in der Entwicklung des Malstils nachvollziehen. Die ersten Bilder, die Gauguin auf Tahiti malt, sind überwiegend Landschaftsansichten, häufig auch mit einem integrierten Figurenensemble; in diesen Gemälden werden gleichsam die Elemente der Umgebung registriert. Manche der Bilder erinnern an die in Martinique entstandenen Werke. Erst später erfolgt die für Gauguin so charakteristische ›synthetische‹ Stilisierung, die eine Vereinfachung des Bildaufbaus und die schärfere Konturierung der Flächen einschließt und, auf der motivischen Ebene, einzelne Figuren in den Vordergrund treten läßt. Der Kompositionswille emanzipiert sich zusehends von seinem Ausgangspunkt, der vorgefundenen Realität.

In dieser überaus produktiven Phase um das Jahr 1892 gelingt es Gauguin tatsächlich, vor allem in Genreszenen und Porträts, das Bild eines pastoralen Tahiti zu entwerfen. Die Inselbewohner, zumeist Frauen, werden im Müßiggang dargestellt, sie baden im Meer oder sitzen im Schatten der Bäume, plaudern miteinander, hüten ihre Kinder, manch eine von ihnen spielt die Flöte. Nur ganz selten wird eine Person bei einer Verrichtung gezeigt, die als Arbeit zu bezeichnen wäre. Und doch ist es keine Idylle, die europäischen Erwartungen entsprechen könnte: Das Genrehafte ist oft ins Monumentale verzeichnet, mit den kräftigen, manchmal geradezu plump wirkenden Frauenkörpern malt Gauguin provokativ gegen das in Europa herrschende Schönheitsideal an. Alle Leichtigkeit ist aus dieser fast erstarrten Welt gewichen, es ist eine verfremdete, ins Archaische gewendete Idylle, die ihren Kunstcharakter deutlich verrät.

Die Verfremdung, für Gauguin ein künstlerisches Grundprinzip – »ich beabsichtige, immer unverständlicher zu werden«, schrieb er einmal –, wird noch in einer weiteren Hinsicht vorangetrieben. Gauguin war bei seiner Suche nach den verschütteten Ursprüngen der tahitianischen Kultur und Religion auf das völkerkundliche Buch *Voyages aux îles du grand océan* des aus Belgien stammenden Geschäftsmannes Jacques-Antoine Moerenhout gestoßen, der in den dreißiger Jahren des 19. Jahrhunderts als Konsul auf Tahiti Frankreich und die Vereinigten Staaten vertreten hatte. Aus diesem 1837 erschienenen Buch schöpft Gauguin sein Wissen über die religiösen Bräuche und die Mythologie der Tahitianer, die bei diesen selbst am Ende des Jahrhunderts schon zum größten Teil in Vergessenheit geraten waren. Das besondere Interesse Gauguins finden die Abschnitte über die Schöpfungsgeschichte und die Götterwelt der ›Mahorie‹, wie die Einheimischen genannt wurden. Ganze Passagen daraus übernimmt Gauguin in nahezu wörtlicher Übereinstimmung in sein Buch *Ancien Culte Mahorie*, einige Partien, über den Schöpfergott Ta'aroa oder die Mondgöttin Hina, tauchen auch in *Noa Noa* auf. Dort werden sie entweder aus einer mysteriösen »uralten Handschrift« zitiert oder der Geliebten des Malers, der jungen Tehura, in den Mund gelegt.

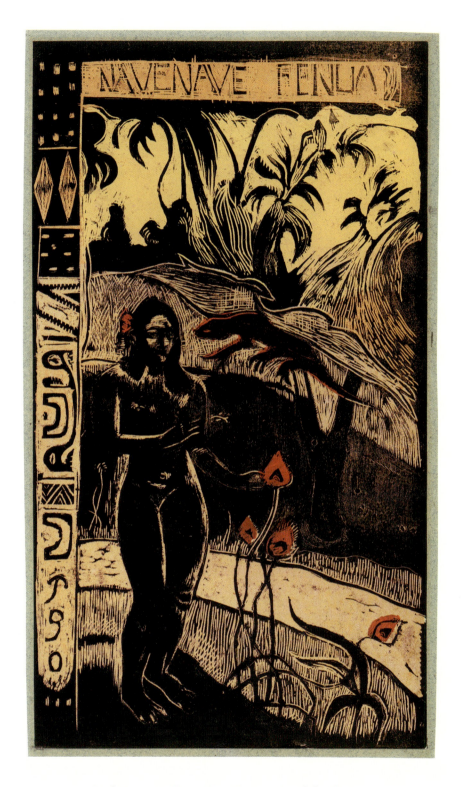

*Paul Gauguin, Nave Nave Fenua – Land der Wonnen,
1893/94, Farbholzschnitt für ›Noa Noa‹,
Staatliche Graphische Sammlung, München*

Auch in den Bildern Gauguins hinterläßt die Lektüre des Buchs von Moerenhout Spuren der ›Verfremdung‹: Götzenbildnisse, Totengeister (die *Tupapaú*), geheimnisvolle Schriftzeichen werden dargestellt, etliche Bildtitel verweisen auf einen numinosen Hintergrund. Gauguin strebt freilich mit der Integration solcher Elemente keine im ethnographischen Sinne exakte Darstellung der einheimischen Mythologie an – er nimmt mit leichter Hand Umdeutungen vor und macht Anleihen bei anderen Religionen, beim Christentum und beim Buddhismus. Ebensowenig ist er an der Vermittlung irgendwelcher religiöser Inhalte interessiert. Es geht ihm vielmehr, nicht anders als etwa in dem Gemälde *Vision nach der Predigt*, jenseits aller »trüben Realistik« um die Andeutung einer Dimension, die selbst nicht darstellbar ist, die greifbare Welt aber in ihrem Bezug auf eine schlechthin andere verrätselt, poetisch auflädt. Der »schöpferische Traum«, den Gauguin vor der Natur Tahitis träumt, legt den mythischen Grund der Wirklichkeit frei – und damit wird dem Paradies, wenn es denn eines ist, der Ort zugewiesen, der ihm gebührt: jenseits der Menschengeschichte, zugänglich allein in der Ahnung der Melancholie. Die »wahren Paradiese sind Paradiese, die man verloren hat«, wird es bei Marcel Proust heißen.

Dem Versuch, das Atelier der Tropen zu gründen, war in künstlerischer Hinsicht trotz aller Widrigkeiten ein grandioser Erfolg beschieden. In einem Brief an Georges-Daniel de Monfreid zieht Gauguin eine beeindruckende Bilanz: »Während zweier Jahre, darin einige Monate verloren waren, habe ich sechsundsechzig mehr oder weniger gute Bilder ausgebrütet und einige ultrawilde Schnitzereien. Das ist genug für einen einzigen Menschen.« Was die wirtschaftliche Situation des Malers betrifft, ist jedoch auch dieses Unternehmen gescheitert. Schon seit März 1892, rund neun Monate nach seiner Ankunft in Papeete, erwägt Gauguin aus Geldmangel die Rückkehr nach Frankreich. Auf Erlöse aus dem Verkauf seiner Bilder in Europa wartet er vergeblich, und die Bemühungen, vor Ort einen Posten in der Kolonialverwaltung zu bekommen, schlagen fehl. Dem Antrag auf Repatriierung wird erst im Mai 1893 stattgegeben. Mit einer offiziellen Mission der Regierung betraut, ist Gauguin nach Tahiti gekommen; mit einer Fahrkarte »letzter Klasse« in der Tasche reist er zwei Jahre später wieder ab.

Die durch finanzielle Schwierigkeiten veranlaßte Rückkehr nach Frankreich folgt aber auch einer inneren Notwendigkeit: In Paris und nirgendwo anders will Gauguin Anerkennung für seine künstlerische Leistung erhalten. Die im November 1893 eröffnete große Ausstellung in der Galerie von Durand-Ruel, in der 41 Bilder aus Tahiti gezeigt werden, erregt denn auch beträchtliches Aufsehen. Auf die – von Gauguin ja angestrebte – Fremdheit der Werke reagieren die meisten Kritiker allerdings mit Verständnislosigkeit, einer spricht von den »Phantasien eines armen Spinners«, ein anderer empfiehlt seinen Lesern einen Besuch der Ausstellung zur »Belustigung ihrer Kinder«.

Aber Gauguin findet in einer anderen Hinsicht eine für ihn und sein Selbstbild wichtige Bestätigung. Hier in Paris kann er wieder ganz in die Rolle schlüpfen, die ihm außerhalb der ›Zivilisation‹ zu spielen nicht recht gelingen wollte; in der Heimat gilt er wieder als der ›Wilde‹, der ›Barbar‹ oder, nach einem Ausspruch von Degas, als der ›Wolf‹. Der schwedische Dichter August Strindberg, den Gauguin um ein Vorwort zum Katalog für eine Versteigerung seiner Bilder gebeten hat, lehnt mit der Begründung ab, er könne die Kunst Gauguins weder erfassen noch lieben. Er schreibt: »Wer ist er denn? Er ist Gauguin, der Wilde, der eine zwangvoll belästigende Zivilisation haßt, etwas von dem Titanen, der, eifersüchtig auf den Schöpfer, in den Augenblicken der Verlorenheit seine eigene kleine Schöpfung macht, [...] der es vorzieht, den Himmel rot zu sehen, als blau mit der Menge.« Gauguin jedoch spürt trotz aller gegenteiligen Versicherungen Strindbergs offenbar ein so großes Verständnis, daß er kurzerhand den Absagebrief des Dichters als Katalogvorwort abdrucken läßt. In der Antwort an Strindberg betont Gauguin den grundlegenden Andeutungscharakter seiner Werke, das ›antizipatorische‹ Moment seiner Kunst: »Diese Welt, die vielleicht weder ein Cuvier noch ein Botaniker wiederaufzufinden wüßten, wäre also ein Paradies, das ich selbst entworfen hätte. Und vom Entwurf bis zur Verwirklichung des Traumes ist ein weiter Weg. Was tut's? Ein Glück voraussehen, ist das nicht ein Vorgeschmack des *Nirwana*?«

∽

»Immerhin, in friedlichen Zeiten sind diese Menschen der Südsee den europäischen Entdeckern als freundliche, intelligente Partner mit natürlicher Würde, gesundem Selbstbewußtsein, Gleichmut im Glück und Unglück sowie ausgeprägtem Sinn für Humor erschienen. Sie haben in einer aristokratisch-hierarchisch organisierten Gesellschaft mit umfassenden politischen Strukturen gelebt, in denen jedwedes Verhalten an detaillierte Regeln gebunden ist.«

Gerd Koch

∽

Tahitianisches Leben, um 1900. Sammlung Palacz, Papeete

»Ich habe mir immer eine dicke Mätresse gewünscht«: Gauguin und die Frauen

Einen ›Romantiker der Liebe‹ wird man Paul Gauguin gewiß nicht nennen können; in Anbetracht der einschlägigen Bemerkungen in seinen Schriften und Briefen liegt die Bezeichnung ›Zyniker der Liebe‹ sehr viel näher. Ob er es schon seiner charakterlichen Anlage nach war oder ob ihn die Umstände und seine Erfahrungen mit Frauen dazu gemacht haben, läßt sich nicht entscheiden. Wie immer, wenn sich ein Wesenszug besonders scharf ausprägt, dürfte auch hier beides eine Rolle gespielt haben. Sicher war es für ihn eine grundsätzliche Schwierigkeit, eine Beziehung aufzunehmen, schon gar eine, welche die eigene Empfindsamkeit herausforderte, verstörend wirken könnte. Seine Verschlossenheit, die, wie viele seiner Zeitgenossen bestätigen, sich zu extremen Formen abweisenden Verhaltens steigern konnte, andererseits aber eine geradezu meditative Versenkung in die künstlerische Arbeit erlaubte, bildete sich schon in seiner frühen Jugend aus. Über die Zeit, die er als Knabe in einem Seminar in Orléans verbracht hat, schreibt Gauguin: »Ich gewöhnte mich dort daran, mich auf mich selbst zu konzentrieren, ohn' Unterlaß das Spiel meiner Lehrer beobachtend, mein Spielzeug selbst zu fertigen und auch mein Leid mit all der Verantwortung, die es bringt.«

Über seine ersten erotischen Erfahrungen ist nur das wenige bekannt, was Gauguin selbst in seinem späten Werk *Vorher und Nachher*, einer Art Rechenschaftsbericht über sein Leben, seine Kunst und seine Ansichten, mitteilt. In recht lockerem Ton beschreibt er, wie die schon früher erwähnte Madame Aimée, »trotz ihrer 30 Jahre sehr hübsch und Primadonna in den Offenbachschen Opern«, in Rio de Janeiro seine »Tugend zu Fall brachte«. Gauguin selbst, als Steuermannsjunge an Bord der *Luzitano* in die brasilianische Hafenstadt gekommen, war damals siebzehn, wirkte aber wie fünfzehn, was die Operettensängerin offenbar erst recht entzückte. Seine Arglosigkeit in erotischen Dingen mag die weltläufige Dame zusätzlich gereizt haben, Gauguin konnte lediglich auf einen »ersten Seitensprung« in Le Havre vor Antritt seiner Reise zurückblicken. Eine schöne, erfahrene, noch dazu vom Flair der Verruchtheit umgebene Frau, die ihm das Reich der sinnlichen Liebe erschließt – diese ihrerseits operettenhaft anmutende Konstellation entspricht so vollständig den Wunschphantasien eines ebenso schüchternen wie neugierigen Jünglings, daß sich Bedenken regen, ob nicht auch diese Darstellung allzusehr beschönigt. Wie dem auch sei, ganz im Sinne einer solchen ›Bildungsgeschichte‹, bei der den erotischen Abenteuern des Jünglings eine geradezu rituelle Funktion auf seinem Weg zur Männlichkeit zukommt, gibt Gauguin zu erkennen, daß er sich als gelehriger Schüler von Madame Aimée erwiesen und gleich auf der Rückfahrt nach Europa die neu erworbenen Kenntnisse mit einer »ganz rundlichen Deutschen« in einem »reizenden Nest in der Segelkammer« praktiziert habe. Und er vergißt nicht darauf hinzuweisen, daß es ihm dabei sogar gelang, den Kapitän der *Luzitano*, der sich ebenfalls sehr um die Gunst der Dame bemüht hatte, auszustechen. Deutlich erkennbar wird in diesen Abschnitten nicht nur der Hang Gauguins zur Prahlerei in bezug auf seine Erfolge bei Frauen; höchst aufschlußreich ist vor allem, daß sich in der Erinnerung Gauguins das Erlebnis der sexuellen Initiation eben nicht mit dem »ersten Seitensprung« im französischen Le Havre, sondern mit dem Aufenthalt in Rio de Janeiro, mit einem exotischen Ambiente verbindet. Lebensintensität, gesteigerter Lebensgenuß wird erneut, wie schon in der Kindheit, in einem tropischen Land erfahren, der Hauch des Exotischen legt sich auch über die Welt des Eros.

Die einzige ernsthafte Liebesbeziehung Gauguins, von der man weiß, verband ihn mit seiner aus Dänemark stammenden Frau Mette. Sie vertritt in vielerlei Hinsicht das genaue Gegenbild zu dem leichtlebigen, frivolen Frauen-

*Mette mit den fünf Kindern Emil (*1874), Aline (*1877), Clovis (*1879),
Jean-René (*1881) und Paul Rollon gen. Pola (*1883).
Kopenhagen 1888*

typus, mit dem Gauguin zuvor intensivere Bekanntschaft geschlossen hatte, und mag gerade deshalb lange Zeit für ihn als Garant für ein geordnetes Dasein und ein stabiles, geklärtes Verhältnis zur Sphäre des Weiblichen gedient haben. Die Liebe zu Mette war aber zugleich auch seine größte Enttäuschung, die er, wie aus vielen Briefen des Malers hervorgeht, bis an sein Lebensende nicht verwinden konnte. Dabei ist nur schwer nachzuvollziehen, worauf sich die enge Verbindung der beiden sehr unterschiedlichen Menschen eigentlich gründete. Der überlieferte Briefwechsel zwischen den beiden Eheleuten betont naturgemäß eher dasjenige, was sie voneinander trennte: Er setzt erst dann ein, als die Familie sich bereits aufgelöst hat und Mette mit vier ihrer fünf Kinder wieder in ihrer dänischen Heimat lebt. Über ihre Beziehung in der Zeit, die sie gemeinsam verbrachten, immerhin elfeinhalb Jahre, ist relativ wenig bekannt; aber nach dem, wie die Dinge sich entwickelten, steht außer Frage, daß ihr Verständnis für die Wesensart des jeweils anderen äußerst gering war.

Folgt man den Hinweisen von Pola Gauguin, dem jüngsten Sohn aus dieser Ehe, war zum einen die Konvention, zum anderen die sexuelle Anziehungskraft, die Mette auf Paul ausübte, maßgeblich für das Zustandekommen dieser Verbindung. Mette, aus einer gutbürgerlichen dänischen Familie stammend, nach den Worten Pola Gauguins »eher praktisch als erotisch« veranlagt, fand bei dem aufstrebenden Börsenfachmann zunächst das, was ihr aufgrund ihrer Erziehung erstrebenswert erscheinen mußte: Geborgenheit, materielle Sicherheit, eine gesellschaftliche Stellung, die ihr die Anerkennung ihrer Familie sicherte. Paul wiederum war von der offenen und umgänglichen Art der jungen Dänin angetan, die es ihm wohl leichtmachte, die eigene Verschlossenheit zumindest zeitweise und bis zu einem gewissen Grad zu überwinden. Zudem entsprach sie rein äußerlich mit ihrer kräftigen Statur und ihren wohlausgebildeten Körperformen seinen erotischen Wunschvorstellungen. Ganz hingerissen sei er von »ihrer gesunden Üppigkeit« gewesen, betont Pola Gauguin mehrmals in der Biographie über seinen Vater. Die Möglichkeit, auf unkomplizierte Art einen Zustand herzustellen, der die eigenen Bedürfnisse zu befriedigen verspricht, mag für beide Seiten so verlockend gewesen sein, daß sie sich relativ rasch einig wurden. Nur wenige Monate nachdem sie sich kennengelernt hatten, im Januar 1873, entschließen sie sich zur Heirat.

Schon in den ersten Jahre ihrer Ehe dürfte, vor allem für Mette, nicht alles den gehegten Erwartungen entsprochen haben. Sie gewöhnt sich nur langsam in ihrer neuen Heimat ein, ist öfter »leidend« und redet sich zudem, wie Gauguin schreibt, schnell »Krankheiten ein, für die die Wissenschaft kein Heilmittel kennt«. Gauguin bemüht sich eifrig, seinen Pflichten als Ehegatte nachzukommen und der »kostbaren Perle«, die er aus Dänemark entführt habe, das Leben in Paris so angenehm wie möglich zu gestalten. Mit seinen steigenden Einkünften, die er an der Börse erzielt, wird der Lebensstil, den sie pflegen, immer großzügiger und luxuriöser. In gleichem Maße scheint aber auch der innere Abstand der Ehepartner zu wachsen. Während die extrovertierte, Gesellgkeit schätzende Mette sich bemüht, den Kreis ihrer Bekannten zu erweitern, zieht sich Gauguin immer mehr zurück und widmet sich in seiner Freizeit fast ausschließlich seiner Malerei, einer Beschäftigung, die für Mette nichts anderes als eine »fixe Idee« ist. Dieser Prozeß einer zunehmenden Entfremdung bleibt ohne Konsequenzen, solange die materielle Absicherung der Familie gewährleistet ist. Als diese aber durch den Verlust der Anstellung Gauguins bedroht wird, zeigt sich in aller Schärfe, wie gegensätzlich die Auffassungen der beiden Ehegatten sind und wie unterschiedlich die Erwartungen waren, die sich an den jeweils anderen richteten. Die Trennung ist unter diesen Voraussetzungen wohl unvermeidlich – wobei einzuräumen ist, daß die finanzielle Misere, in die die Familie Gauguins geriet, auch jede andere Verbindung auf eine sehr harte Probe gestellt hätte.

Die nach der Abreise Pauls aus Kopenhagen im Juni 1885 geführte briefliche Korrespondenz der Eheleute ist geprägt von gegenseitigen Vorwürfen und von Klagen über die eigene Situation. Mette bezichtigt ihren Mann eines grenzenlosen Egoismus, er wiederum fühlt sich von ihr verlassen und verraten. Ihre Vorhaltungen, er würde seinen Pflichten ihr und seinen Kindern gegenüber nicht nachkommen, pflegt er mit dem Hinweis zu beantworten, daß

*Paul Gauguin,
Vahine no te Vi – Frau mit Mango, 1892,
Museum of Art, Baltimore, Cone Collection*

es ihm noch viel elender gehe und er ihre »Verhältnisse nicht so bedauernswürdig« finden könne. Sie wohne schließlich in ihrem eigenen Haus und sei von ihren Kindern umgeben, sie müsse zwar hart arbeiten, aber das mache ihr doch Freude. »Du genießt die Annehmlichkeiten der Ehe«, schreibt er in einem Anflug von Sarkasmus, »ohne die üblichen Schereien mit dem Gatten zu haben. Was willst Du mehr – außer etwas mehr Geld?«

Das Geld: auch das ein schier unerschöpfliches Thema der Briefe. Gauguin ist sich seiner familiären Verantwortung durchaus bewußt; sobald er aus dem Erlös von Bilderverkäufen etwas erübrigen kann, schickt er es seiner Frau nach Kopenhagen. Aber das kommt selten genug vor. So sieht er oftmals keine andere Möglichkeit, als ihre Forderungen mit Anklagen zu erwidern: »Ich glaube, daß bei Dir die Liebe in einem festen Verhältnis zum Gelde steht. Je mehr Geld, desto mehr Liebe. Wieviel Leute haben doch ein Hirn und ein Herz von Stein!«

Überraschenderweise mischen sich unter diese bittern Vorwürfe immer wieder versöhnliche, sogar zärtliche Töne. Gauguin scheint lange die Hoffnung nicht aufzugeben, es könne zwischen den Ehepartnern ein Verhältnis wiederhergestellt werden, das so, wie er es sich ersehnt, vielleicht nie bestanden hat. Es ist eine Hoffnung, die wohl allein aus der Distanz aufrechterhalten werden kann. Als Mette ihm Anfang 1888 vorschlägt, sie sollten sich in den dänischen Seebädern treffen, lehnt er ab und begründet dies mit sehr deutlichen Worten: »Aus der Entfernung verstehen wir uns einigermaßen, aber dort würde es den gleichen Ärger, den gleichen Streit und Zank etc. ... wieder geben.« Nur einmal noch, kurz vor dem Aufbruch zu seiner ersten Tahiti-Reise, kommt es in Kopenhagen zu einem offenbar harmonisch verlaufenden Treffen von Paul und Mette Gauguin, ja sogar die alte Liebe scheint noch einmal aufzuflammen – in der Situation des Abschieds bündeln und steigern sich die Gefühle. Nach Paris zurückgekehrt, schreibt Paul voller Optimismus an seine »angebetete Mette«: »Ich weiß, wie schwer die Gegenwart für Dich ist, doch sieh, wir gehen einer gesicherten Zukunft entgegen, und ich werde glücklich sein – sehr glücklich –, wenn Du bereit bist, sie mit mir zu teilen.« Daß sich diese Hoffnung nicht erfüllen sollte, ist bekannt: Nach dem Besuch in Ko-

penhagen sah Gauguin seine Frau und seine Kinder ein letztes Mal 1895 kurz wieder.

Die Briefe, die Gauguin in den folgenden Jahren an Mette schreibt, dokumentieren eine weiter wachsende Entfremdung zwischen den Ehegatten. Seine Schreiben, in denen sich noch immer ein starkes Bedürfnis nach Verständnis und Zuwendung ausspricht, werden von ihr, wenn überhaupt, zögerlich und in kühlem Ton beantwortet. Als Mette mehrere der inzwischen gefragteren Bilder Gauguins verkauft, ohne ihn darüber zu informieren, ist auch sein Vertrauen in sie erschüttert. Im Dezember 1897 verfügt er in einem Brief an Daniel de Monfreid, bei einer Veröffentlichung oder Übersetzung des Buches *Noa Noa* wünsche er nicht, »daß meine Frau Geld davon bekommt«. Der Kontakt zwischen Paul und Mette war schon vorher abgebrochen, nachdem Paul in einem kurzen, »brutalen« Schreiben Mettes vom Tod seiner Tochter Aline unterrichtet worden war. Für die Institution der Ehe hat Gauguin nach diesen Erfahrungen nur noch zynische Kommentare übrig. Ein »Mißgeschick in unserer Zeit« nennt er sie, eine »blödsinnige Einrichtung«. In ihr ginge es nicht, wie immer behauptet, um »Pflichten, Ehren und so weiter«, die Wahrheit sei vielmehr, »daß es sich um Geld dreht, um Prostitution sogar«.

Mit demselben provokanten Zynismus äußert sich Gauguin auch zur Sexualität allgemein und zu den eigenen erotischen Vorlieben – und dies zumeist mit einer gehörigen Portion Chauvinismus. Es störe ihn, wenn die Frauen Geist hätten, schreibt er in *Vorher und Nachher*, wichtig sei, daß »sie rund und lasterhaft sind«. Und er fügt hinzu: »Ich habe mir immer eine dicke Mätresse gewünscht und nie eine gefunden. Mir zum Schabernack sind sie immer flach.« Es sind noch weit derbere Bemerkungen Gauguins überliefert. Der schottische Maler Archibald Hartrick etwa, der ihm in der Bretagne begegnet war, berichtet, Gauguin hätte die aus Pont-Aven stammende Geliebte eines Malers als dessen »Eimer für die Notdurft« bezeichnet.

Aus solchen, in ihrer Drastik kaum noch zu überbietenden Äußerungen spricht wohl nur vordergründig eine Geringschätzung des weiblichen Geschlechts; vielmehr artikuliert sich in ihnen, trotz des auftrumpfenden Gestus, in dem sie vorgetragen werden, eine fast angstvolle Irritation durch den Sexualtrieb, den Gauguin als bedrängend erlebt haben muß. »Hygiene und Beischlaf gut geregelt, dazu von keinem abhängige Arbeit – da beißt sich ein rechter Mann schon durch«, schreibt er aus Arles an Schuffenecker. Die Fleischeslust muß ›geregelt‹ werden, sonst würde sie sich störend auswirken. Das ist zwar – bedenkt man, daß die ›Regelung‹ im Bordell erfolgte – nicht unbedingt eine vorbildlich christliche Verfahrensweise, aber doch eine, die auf dem christlich geprägten Dualismus von Geist und Leib beruht. In *Vorher und Nachher* sagt Gauguin denn auch, er halte es »wie Jesus: ›Fleisch ist Fleisch und Geist ist Geist.‹ Dank dieser Erkenntnis befriedige ich mein Fleisch um einiges Geld, und mein Geist bleibt ruhig.« Der Affront Gauguins besteht darin, der sinnlichen Begierde ihr uneingeschränktes Recht auf Befriedigung zuzugestehen, aber diese Befriedigung dient letztlich nur dazu, den Geist ›ruhig‹, unbefleckt zu lassen. Wem die Präferenz im Gegenspiel von Körper und Geist gebührt, ist damit unzweifelhaft: Gauguin predigt zwar einen derben Materialismus, zielt aber dabei auf einen geläuterten Idealismus. »Nach dem Milchkaffee am Morgen«, so lautet ein anderer Eintrag in *Vorher und Nachher*, »trennen sich im Tempel die des Nachts vereinten Geschlechter; notwendige Formalität, um der Seele Gelegenheit zu geben, sich von der sie bedrückenden Materie zu läutern. Nach dem Bidet der Weihwasserkessel. Körper und Seele sind gereinigt. Man betet.«

Aufschlußreich in diesem Zusammenhang ist ein Brief Gauguins, den er an Madeleine Bernard, die junge, empfindsame Schwester von Emile Bernard, richtete. Zart und geistvoll, entsprach sie überhaupt nicht dem Frauentypus, dem Gauguin nach eigener Aussage den Vorzug gab. Trotzdem verliebte er sich in sie. In dem offenbar sehr ernst gemeinten Brief, der gute Ratschläge für den künftigen Lebensweg Madeleines beinhaltet, widerruft Gauguin gleich mehrere der sonst mit Verve bezogenen Positionen. Frau und Mann werden ganz selbstverständlich als gleichrangig angesehen, jede Art von Käuflichkeit des Menschen wird verdammt, christliche Tugenden wie »Pflichtgefühl gegenüber dem Nächsten« und »Opferbereitschaft« werden gepriesen. Vor allem aber ein Rat wird erteilt: Madeleine müsse sich »als ein Wesen ohne Geschlecht ansehen«. Erläuternd fährt Gauguin fort: »Ich will damit sagen, daß die Seele und das Herz, alles, was göttlich ist, nicht Sklave der Materie, das heißt des Leibes sein darf.«

Die Aufgabe besteht also in der Überwindung von Sexualität schlechthin, nur dadurch ist die absolute Freiheit des Geistes zu erringen. Dieser gleichsam asketische Zielpunkt ist, wenn auch zumeist gut verborgen, allen Äußerungen Gauguins zum Bereich des Erotischen mitgegeben. Das Schockierende ist in erster Linie Maskerade – so wie die insistente Betonung in den Briefen an seine Frau, daß sein Herz sich verschlossen habe, daß er »gefühllos« und »verhärtet« geworden sei, vor allem darauf hinweist, daß seine Sehnsucht nach Verständnis und Zuwendung besonders groß ist und der Mangel an Liebe als besonders schmerzlich erfahren wird.

Das Projekt, ein Atelier in den Tropen zu gründen, ist nicht allein einem ästhetischen Programm verpflichtet. Neben den finanziellen Gründen spielen gewiß auch erotische Verlockungen eine Rolle. Als Gauguin noch zwischen Tahiti und Madagaskar als Reiseziel schwankt, rühmt er in einem Brief an Bernard die weibliche Bevölkerung Madagaskars: »Und die Frauen? – Die Frauen sind, gleich denen auf Tahiti, sehr sanft ...« Woher er diese Kenntnis bezog, bleibt offen; aber das Klischee der zärtlichen, hingebungsvollen und dabei noch anspruchslosen Frau der Tropen war, zumal in der Hochblüte des europäischen Kolonialismus, so verbreitet, daß man wahrlich nicht weit suchen mußte, um eine Bestätigung der vorgefaßten Meinung zu erhalten. Auch der Südsee-Roman Pierre Lotis über die Liebe eines englischen Offiziers zu der dreizehnjährigen Rarahu, den Gauguin gelesen hat, verdankt seinen außerordentlich großen Erfolg der geschickten Präsentation dieses Klischees.

Gauguin knüpft mit seinen erotischen Erlebnissen auf Tahiti an die Geschichte Lotis an, er folgt gewissermaßen im Lebensvollzug einer literarischen Vorlage – und er verarbeitet wiederum seine Erfahrungen literarisch, nämlich in seinem Werk *Noa Noa*. In ihm schildert er, wie er sich eine *Vahine*, eine Geliebte, nimmt. Mißmutig, des Alleinseins überdrüssig, bricht er von Mataiea, wo er sich niedergelassen hat, zu einer Reise um die Insel auf. Als er auf seinem

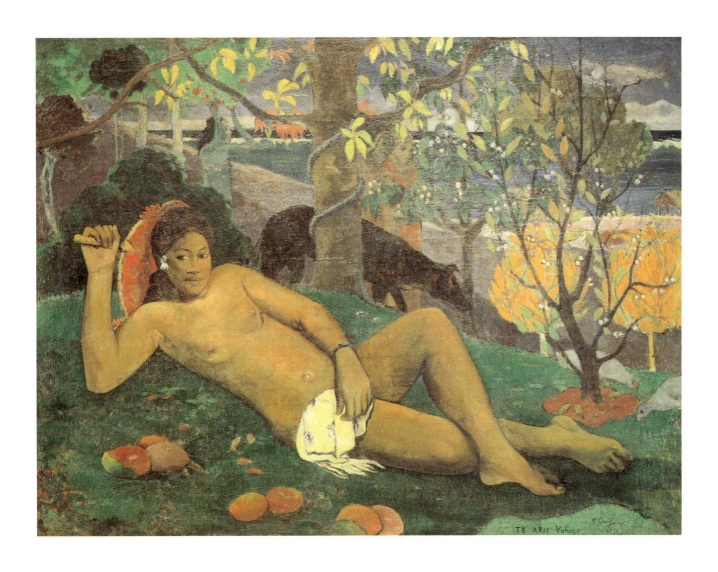

Paul Gauguin,
Te Arii Vahine – Die Frau des Königs, 1896,
Staatliches A. S. Puschkin-Museum der Bildenden Künste, Moskau

Weg von einer einheimischen Familie zum Essen eingeladen und nach seinem Vorhaben befragt wird, kommt ihm spontan die Antwort über die Lippen, er suche eine Frau. Sogleich bietet ihm seine Gastgeberin ihre Tochter an. Er willigt ein, nachdem seine drei Fragen, ob sie jung, hübsch und gesund sei, bejaht wurden. Daraufhin erhebt sich die Mutter und geht hinaus. »Nach einer Viertelstunde, als das Mahl – wilde Bananen und Krabben – aufgetragen wurde, kam sie in Begleitung eines jungen Mädchens wieder herein, das ein kleines Bündel in der Hand hielt. Durch das Gewand von sehr durchsichtigem rosa Musselin schimmerte die goldene Haut ihrer Schultern und Arme. Zwei Knospen hoben sich schwellend an ihrer Brust. Es war ein schlankes, großes, kräftiges Kind von wunderbarem Ebenmaß.«

Das entzückende Mädchen mit dem Namen Teha'amana – in *Noa Noa* heißt sie Tehura – ist, wie die Rarahu Lotis, gerade mal dreizehn, was einem Alter von »achtzehn bis zwanzig in Europa« entspricht, wie Gauguin in Klammern hinzusetzt. Sie zieht mit ihm in seine Hütte in Mataiea und bleibt nach einer verabredeten Probezeit von einer Woche aus eigenem Entschluß bei ihm, als Geliebte, als Modell, als Haushälterin und Köchin. Die Eintracht wird nicht zuletzt dadurch gewährleistet, daß sie den Maler nie stört, wenn er arbeitet oder träumt. »Instinktmäßig schweigt sie dann. Sie weiß sehr gut, wann sie sprechen kann, ohne mich zu belästigen.« Teha'amana ist aber nicht nur die willfährige, rücksichtsvolle Gespielin des Malers, sie bringt ihm auch die Kultur ihres Volkes näher, wenn wohl auch nicht als Verkünderin der uralten ›maorischen‹ Mythen, zu der sie in *Noa Noa* stilisiert wird. Was sie dort über die tahitianische Götterwelt berichtet, stammt, wie schon an anderer Stelle erwähnt, größtenteils aus dem Buch *Voyages aux îles du grand océan* von Jacques-Antoine Moerenhout. Aber sie demonstriert beispielsweise, auf allerdings mehr unfreiwillige Weise, wie lebendig der Geisterglaube unter den Einwohnern Tahitis noch war, trotz aller bislang unternommenen Missionierungsanstrengungen der christlichen Kirchen. Als Gauguin an einem Tag erst lange nach Einbruch der Dunkelheit von einem Ausflug nach Papeete zurückkommt, findet er sie »reglos, nackt, platt hingestreckt auf dem Bett, die Augen vor Angst übermäßig weit geöffnet«. Ohne Licht fühlte sie sich den Geistern der Toten, den *Tupapaús*, hilflos ausgeliefert. Gauguin hat diese Szene, die ihn mit dem befremdlichen, dämonischen Aspekt der Vorstellungswelt der Tahitianer in Berührung brachte, in einem Bild mit dem Titel *Manaò Tupapaú* verarbeitet.

Teha'amana bleibt nicht die einzige *Vahine* Gauguins. Bei seinem zweiten Aufenthalt in Tahiti ist es die vierzehnjährige Pahura, die mit ihm lebt, auf der Marquesas-Insel Hiva Oa, wo sich Gauguin im September 1901 niederläßt, heißt die Geliebte Vaeoho Marie-Rose. Sie ist ebenfalls vierzehn, als Gauguin sie zu sich nimmt. Was ihn an diesen Beziehungen, neben der Jugend und dem sinnlichen Zauber seiner Gefährtinnen, besonders gereizt haben mag, ist wohl die Unkompliziertheit, mit der man sich zunächst ›handelseinig‹ wird und dann das gemeinsame Leben einrichtet. Gauguin ist zweifellos der Herr im Hause, die jungen Mädchen kochen für ihn, Ansprüche, die ihn von seiner Arbeit hätten ablenken können, stellen sie nicht. Und, besonders wichtig, der Beischlaf ist ›geregelt‹. In der gewohnt grobianischen Art schreibt Gauguin an den Maler und Graphiker Armand Séguin: »Und meine fünfzehnjährige Frau kocht täglich einfache Mahlzeiten und legt sich für mich, wann immer ich will, auf den Rücken; alles für ein Kleid für 10 Francs, das ich ihr alle paar Monate kaufen muß...« An anderer Stelle, in einem Schreiben an Monfreid, läßt Gauguin seinem Hang zur Prahlerei freien Lauf. »Alle Nächte treiben sich verteufelte Mädchen in meinem Bett herum«, schreibt er, »gestern sind drei angetreten.« Die Selbststilisierung zum erotischen Wüstling – auch das fügt sich in das Konzept vom ›Wilden‹, das Gauguin für sich reklamiert.

Tahiti aber ist in mehr als nur einer Hinsicht eine erotische Offenbarung für ihn. Jenseits der anscheinend tüchtig ausgenutzten Möglichkeit, seine Sexualität in einer zuvor nicht gekannten freizügigen Weise auszuleben, deutet sich ihm auf dieser Insel der Aphrodite eine Dimension an, in der sich die Grenzen der Geschlechtlichkeit überschreiten lassen. Gauguin stellt fest, daß der Unterschied der beiden Geschlechter auf Tahiti sehr viel weniger ausgeprägt ist als in Europa, daß aufgrund der ähnlichen Proportionen der Körper Frauen und Männer leicht zu verwechseln sind.

Diese Beobachtung verdichtet sich in *Noa Noa* zu einer Vision des Androgynen. Gauguin schildert, wie er mit einem jungen Tahitianer in die Berge aufbricht, um Rosenholz für ein Schnitzwerk zu schlagen. Diese Expedition in das Herz einer üppigen, unberührten Natur beschert dem ›Kulturmenschen‹ eine irritierende Grenzerfahrung. Sein Begleiter ist wie Gauguin bis auf den *Pareo*, ein um die Hüften geschlungenes Tuch, nackt. »Mit der animalisch geschmeidigen Anmut seiner Androgynen-Gestalt schritt er vor mir her. Ich meinte die ganze Pflanzenpracht ringsum in ihm verkörpert pulsieren und leben zu sehen. War es ein Mensch, der da vor mir ging? War es der kindliche Freund, bei dem mich das Einfache und Komplizierte seiner Natur zugleich anzogen? War es nicht vielmehr der Wald selber, der lebendige Wald, geschlechtslos und – verführerisch?«

Die zunächst bedrängende, schließlich befreiend wirkende Vision hält freilich nur kurze Zeit an; als der Jüngling am Ende des Weges sich umdreht, greifen wieder die vertrauten Wahrnehmungsmuster. Aber die Vision gewährt einen Ausblick, in dem ästhetische Grundüberzeugungen und die erotische Utopie Gauguins auf frappierende Weise zusammentreffen. Die Überwindung der Sexualität, die Befreiung des Geistes vom Materiellen, von Gauguin bereits in seinem Brief an Madeleine Bernard als Ziel formuliert, erhält hier gleichsam eine konkrete Gestalt: Im Androgynen heben sich die Verwirrung stiftende Gegensätzlichkeit der Geschlechter und damit die sexuelle Unruhe auf. Diese Vorstellung hat zweifellos ihren programmatischen Hintergrund: In der symbolistischen Theorie eines Mallarmé steht die Androgynie für die ›reine‹ Poesie, kulturgeschichtlich wäre sie gleichbedeutend mit der Überwindung des Sündenfalls, mit der Wiederherstellung des Paradieses. Das Ungewöhnliche an Gauguins Malerei aber ist, daß sich in ihr solche Konzeptionen mit der sinnlichen Erfahrung verbinden. Der erotische Reiz vieler seiner archaisch wirkenden Frauendarstellungen in den tahitianischen Gemälden verdankt sich eben nicht einer Haltung, die zum Voyeurismus einlädt, sondern der sublimen, schwer greifbaren Faszination, die von einer gleichsam entrückten Sexualität ausgeht. Darum kann Gauguin in einem Brief an Charles Morice feststellen: »Meine nackten Frauen sind keusch, ohne daß sie Kleider tragen.«

Häuser der Wonnen und des Leids

Er habe immer eine »Neigung zur Flucht« gehabt, bekennt Paul Gauguin in seinem Rechenschaftsbericht *Vorher und Nachher*. Schon mit neun Jahren sei es ihm eingefallen, sich davonzumachen, »mit einem sandgefüllten Taschentuch«, das er »an einem Stock über der Schulter trug«. Angestiftet worden sei er von einem Bild, »das einen Reisenden mit seinem Bündel und seinem Stock über der Schulter darstellte«. Diese Neigung zur Flucht, bestärkt durch finanzielle Not, geleitet von künstlerischen Visionen, hat ihn in einer beispiellosen *tour de force* von einem Wohnort zum nächsten, in fremde Länder und ferne Kontinente, schließlich auf eine abgelegene Insel in den Weiten des Pazifischen Ozeans getrieben. Paris, Lima, Orléans, Rio de Janeiro, wieder Paris, dann Rouen und Kopenhagen, später die Bretagne und die Provence, zwischendurch Panama und Martinique – wollte man alle Stationen seines rastlosen Wanderlebens aufzählen, würde man allein damit Seiten füllen. Die Verhältnisse, unter denen er lebte, waren höchst unterschiedlich, er wohnte in großbürgerlichen Villen ebenso wie in billigen Absteigen, genoß alle Bequemlichkeiten im herrschaftlichen Domizil eines peruanischen Generals, aber auch die Einfachheit des puren Daseins in einer vom Mondlicht durchfluteten Hütte am Meeresstrand. Er durchlebte düstere Stunden in kargen Dachkammern, fieberte auf einer mit Seegras gefüllten Matratze in einer ›Negerhütte‹ auf Martinique, fror in kalten Ateliers, logierte auf Kredit in bescheidenen Pensionen. Nicht zu vergessen die Jahre, die er auf hoher See verbrachte, als Steuermannsjunge, als Leutnant, im Militärdienst bei der Kriegsmarine, später dann als Passagier, mal gehobener, mal letzter Klasse. Gauguin war nie wählerisch, er arrangierte sich, notgedrungen, mit den Umständen. Erst am Ende seines Lebens gewann das Bedürfnis nach Seßhaftigkeit so sehr an Gewicht, daß er – auf Tahiti und zum Schluß auf Hiva Oa – daranging, sich ein eigenes Haus zu bauen.

Zuvor lebte Gauguin über ein Jahrzehnt lang in einem Zustand des fortwährenden Provisoriums. Oft, wenn er keine eigene Bleibe hatte, fand er in Paris Unterschlupf bei Freunden, vor allem bei Schuffenecker, der unter der herrischen Art, die sein Gast an den Tag legen konnte, mitunter arg zu leiden hatte. Einmal wurde er von ihm kurzerhand aus seinem eigenen Atelier ausgesperrt. Die »geringe Umgänglichkeit«, die sich Gauguin einsichtsvoll selbst attestiert, ließ ihn oftmals rücksichtslos auch denen gegenüber handeln, auf deren Hilfsbereitschaft er stets zählen konnte.

Sein Hang zur Ungeselligkeit hat sich erst spät aufgelöst, bezeichnenderweise zu einer Zeit, als sein Selbstbewußtsein als Künstler so sehr gefestigt war, daß er Gesellschaften als willkommene Möglichkeiten zur Selbstdarstellung nutzen konnte. In der Rolle des Gastgebers tritt er erstmals nach seiner Rückkehr aus Tahiti in Erscheinung, als Gauguin zu einer wenn auch umstrittenen Hauptfigur in der Pariser Kunstszene geworden ist. Das Erbe seines verstorbenen Onkels Isidore – es ist derselbe Onkel, der ihn

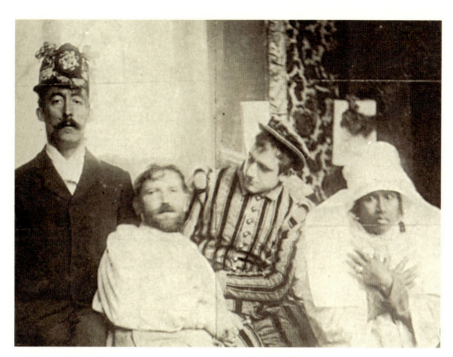

*Die Javanerin Annah (r.),
für eine Scharade
kostümiert*

*Das Ateliergebäude in der
Rue Vercingétorix 6 in Paris.
Gauguins Studio lag auf der 2. Etage rechts*

∽

»Ein geräumiges Atelier mit einem kleinen Winkel, um zu schlafen; alles nah zur Hand und auf kleinen Etageren untergebracht; darüber ein Unterbau von zwei Metern, wo man essen, kochen und tischlern kann. Eine Hängematte, um im Schatten Siesta halten zu können, erfrischt vom Meereswind, der aus dreihundert Meter Entfernung durch Kokosbäume herüberweht. Nicht ohne Mühe habe ich von der Mission einen halben Hektar für siebenhundert Francs erworben; teuer, aber es gab nichts anderes, und hier besitzt die Mission alles.

Abgesehen von der unangenehmen Gegenwart der Priester bin ich mitten im Dorf, und doch ist mein Haus schwer zu finden, so dicht ist es von Bäumen umwachsen.«

Paul Gauguin an Daniel de Monfreid, Hiva Oa, November 1901

∽

vor 38 Jahren als Knaben in Orléans aufgenommen hatte – erlaubt ihm, ein Appartement in einem Hinterhof in der Rue Vercingétorix anzumieten. Die Wohnung besteht aus zwei Räumen, den kleineren benutzt Gauguin als Schlafzimmer, den größeren als Atelier und Empfangssalon. Die exotische Ausstattung des Ateliers beschreibt Jean de Rotonchamp, einer der ersten Biographen Gauguins: »Dieser eher großdimensionierte Raum, in den das Licht durch ein westliches, chromgelb – Chrom Nr. 1 – getöntes Seitenfenster fiel, gab einem sofort das Gefühl des Außergewöhnlichen und Unerwarteten. Die Wände waren mit wilden Gemälden und – dazwischen – primitiven Waffen behängt: mit Totschlägern, Bumerangs, Beilen, Spitzhacken, Lanzen, die alle aus unbekannten, dunkelroten, orangefarbenen und schwarzen Hölzern gefertigt waren.«

Hier, in dieser Südsee-Enklave inmitten der Großstadt Paris, hält Gauguin hof. Er feiert Feste, richtet sogar, nach dem Beispiel Mallarmés, einen ›offiziellen‹ Empfangstag ein. Die Inszenierung ist gekonnt: Die Besucher, die in großer Zahl kommen, werden von einer »auffallend schönen, glutäugigen Mulattin« begrüßt, der dreizehnjährigen, aus Java stammenden Annah, die Gauguin bei dem Galeristen Vollard kennengelernt und, den Gepflogenheiten auf Tahiti folgend, als Geliebte zu sich genommen hat. Ihr fällt die Aufgabe zu, den Gästen Tee und Gebäck zu reichen; dieser Pflicht kommt sie, wie Rotonchamp berichtet, »in würdigem Schweigen« nach. Der von ihr mitgebrachte kleine Affe sorgt für einen weiteren Akzent in dem für Pariser Verhältnisse höchst ungewöhnlichen Ambiente.

Gauguin sieht viele der alten Freunde und Malerkollegen wieder, darunter Morice, Degas, Schuffenecker und Sérusier, junge Künstler wie der Spanier Paco Durrio und der von Gauguin sehr geschätzte Aristide Maillol besuchen ihn, selbst Mallarmé schaut gelegentlich vorbei. Mit dem Cellisten Fritz Schneklud, von dem Gauguin ein Porträt anfertigt, wird häufig musiziert. Auch August Strindberg, der gerade in Paris weilt, findet sich einmal ein, singt und spielt Gitarre, während er aufmerksam die Gemälde an den Wänden betrachtet, »dieses Tohuwabohu von sonnenüberfluteten Bildern«, die, wie er später schreibt, ihn nachts bis in den Schlaf verfolgt hätten.

Wie so viele andere Etappen seines Lebens endet auch das Intermezzo in der Rue Vercingétorix mit einer Enttäuschung. Als Gauguin bei seinem letzten Aufenthalt in der Bretagne während einer Schlägerei der Knöchel gebrochen wird und er gezwungen ist, noch mehrere Monate in Pont-Aven zu bleiben, trennt sich Annah von ihm. Im Spätsommer 1894 kehrt sie allein nach Paris zurück und räumt das Atelier Gauguins vollständig aus. Nur seine Bilder, die sie offenbar für wertlos erachtet, läßt sie zurück.

Am 3. Juli 1895 schifft sich Gauguin in Marseille zu seiner zweiten Reise nach Tahiti ein; der Abschied von Europa ist diesmal ein endgültiger. Er läßt sich in Punaauia nieder, einem etwa fünf Kilometer von der Inselhauptstadt entfernten Ort an der Westküste Tahitis. Dort mietet er ein kleines Stück Land und errichtet – in »herrlicher Lage« – mit Hilfe der Einheimischen eine Hütte im traditionellen Stil. »Stellen Sie sich einen großen Vogelkäfig mit Bambusstäben und Kokosdach vor, der durch die Vorhänge aus meinem alten Atelier in zwei Teile geteilt wird«, schreibt er an Daniel de Monfreid. Ein Teil, der abgedunkelt ist, um ihn kühl zu halten, dient Gauguin als Schlafzimmer, im anderen Teil, dem Atelierraum, ist ein großes Fenster eingelassen. Der Boden ist mit Matten und einem alten Perserteppich ausgelegt, die Wände sind mit Stoffen und Zeichnungen geschmückt. »Sie sehen also, ich bin im Moment nicht zu beklagen«, setzt er hinzu, offensichtlich zufrieden über seine neue Behausung, in der er zusammen mit seiner Geliebten, der jungen Pahura, ein wenig von dem bescheidenen Glück findet, das er so lange gesucht hat. »Hier einfach zu sitzen, sorglos, eine Zigarette zu rauchen und ein Glas Absinth zu trinken, das ist ein Vergnügen, welches ich jeden Tag habe«, heißt es in einem Brief an Armand Séguin.

Als der Besitzer des Landstücks, auf dem Gauguins Hütte steht, stirbt und seine Erben das Terrain verkaufen, muß sich der Maler eine neue Bleibe suchen. Um eine derartige Situation künftig zu vermeiden und offensichtlich gewillt, länger in Punaauia zu bleiben, kauft er im Mai 1897 für 700 Francs ein Stück Land. Von den etwa hundert Kokospalmen, die auf dem Grundstück stehen, erhofft er sich Einnahmen von jährlich

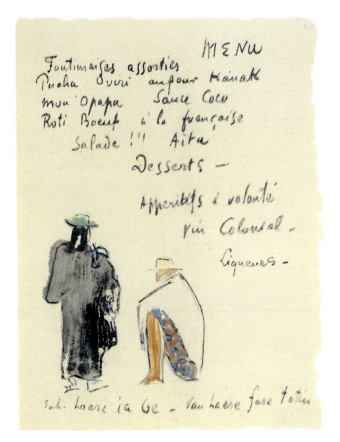
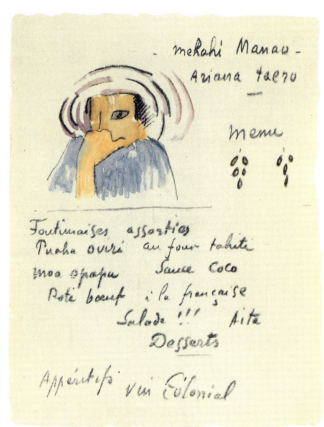

*Von Paul Gauguin gezeichnete Menukarten
zu einem von ihm arrangierten Gastmahl,
um 1900*

500 Francs. Diesmal baut Gauguin in größerem Stil, für die Wände und den Fußboden verwendet er Holzbohlen, die aus Nordamerika eingeführt werden müssen und entsprechend teuer sind. Zudem errichtet er ein separates Atelier, ebenfalls mit Wänden aus rohen Holzplanken, der Fußboden besteht hier aus gestampftem Lehm, das Dach ist mit Palmenblättern gedeckt. Eine der Wände kann wie eine Terrassentür zur Seite geschoben werden. Nachdem er sich ganz eingerichtet hat, läßt sich Gauguin von Monfreid Blumensamen schicken, die er um seine Hütte herum aussät. Mit unterschiedlichem Erfolg, wie er seinem Freund mitteilt: Während die Anemonen nicht aufgehen, wachsen Iris, Dahlien und Gladiolen »schnell und wunderbar«.

Die finanzielle Situation Gauguins ist zu jener Zeit noch immer äußerst prekär. Erlöse aus Bilderverkäufen in Europa erreichen ihn nur unregelmäßig, der Kauf des Grundstücks und der Bau der Häuser ließ sich nur mit Hilfe eines Kredits der *Caisse Agricole*, der Landwirtschaftsbank in Papeete, bewerkstelligen. Als er sich dort um einen frei gewordenen Posten bewirbt, wird er abgewiesen, vermutlich wegen seines nicht sonderlich guten Rufes, den er sich inzwischen mit mancherlei Anklagen gegen die Kolonialverwaltung erworben hat. Er nimmt daraufhin im März 1898 für einen Lohn von sechs Francs pro Tag eine Stellung als Zeichner im Amt für öffentliche Arbeiten an, die er fast ein ganzes Jahr, bis Januar 1899, innehat.

In der Folgezeit betätigt er sich intensiv als Journalist, er schreibt Artikel in der vom Bürgermeister Papeetes gegründeten satirischen Monatsschrift *Les Guêpes* (»Die Wespen«) und erweist sich dabei als begnadeter Polemiker. Seine Attacken richten sich vorwiegend gegen die Kolonialbehörde und die Kirchen, widmen sich aber auch anderen Themen, etwa der »sprichwörtlichen chinesischen Frage«. Gemeint ist die »Invasion« der Chinesen »in unsere schöne Kolonie«, die in ganz Ozeanien den Handel an sich reißen würden. Wie wild sich die »Wespe« Gauguin gebärden konnte, zeigt seine abstruse Aussage, der gegenwärtige Angriff der Chinesen würde sogar den Eroberungsfeldzug von Attila dem Hunnen in den Schatten stellen. Offensichtlich auf den Geschmack gekommen, ruft Gauguin eine eigene Zeitschrift – *Le Sourire* (»Das Lächeln«) – ins Leben, die er allerdings wenige Monate darauf wieder einstellt, nachdem er zum Chefredakteur von *Les Guêpes* berufen worden war.

Ein im März 1900 geschlossener Vertrag mit dem Galeristen Ambroise Vollard, der ihm gegen die jährliche Lieferung von 20 bis 24 Bildern ein Monatseinkommen von 300 Francs garantiert, verschafft dem Künstler endlich, nach rund 15 Jahren eines verzweifelten Existenzkampfes, materielle Sicherheit. Gauguin reagiert, wie immer, wenn er über Geld verfügen konnte, großzügig: Er beginnt in jener Zeit Freunde einzuladen, er entdeckt wieder die gastronomische Seite in sich und zeigt sein Talent als Gastgeber. Nicht nur die Menus werden sorgfältig zusammengestellt, auch auf eine angemessene Gestaltung des äußeren Rahmens wird Wert gelegt. Zu einem der von Gauguin arrangierten Gastmahle sind die Speisekarten erhalten, elf unterschiedlich von ihm gestaltete, mit Texten und Aquarellzeichnungen versehene Blätter. Das Menu umfaßte danach folgende Gänge:

∽

Foutimaises assorties

∽

Puaha oviri au four tahiti

∽

Moa opapa Sauce Coco

∽

Rôti boeuf à la française

∽

Salade !! aita

∽

Desserts

∽

Apéritifs

Vin Colonial

∽

Menu
Foutimaises assorties
Puaha Oviri au four tahiti
moa Opapa Sauce Coco
Roti boeuf à la française
Salade !! aita
Desserts
———
Appéritifs
Vin Colonial

Rupe farani   Rupe tahiti

Aufdecken des Erdofens

Erdofen mit gegartem Fleisch

Der französische Kunsthistoriker Robert Rey, der als erster diese Speisekarten veröffentlicht hat, gibt dazu einige unerläßliche Erläuterungen. *Foutimaises* ist offenbar eine Wortschöpfung Gauguins, vielleicht eine Ableitung vom französischen *foutaise,* was soviel wie ›Geschwätz‹, ›Quatsch‹ bedeutet, also etwas, das ebenfalls den Mund in emsige Tätigkeit versetzt. Gemeint sind mit *Foutimaises assorties* vermutlich die üblichen ›Gaumenkitzler‹ als Vorspeise, beispielsweise eine – landesübliche – Zusammenstellung von in Essig und Öl eingelegten Früchten, kleingeschnittenem, scharf gewürztem Gemüse, kleinen Krustentieren und Filets von rohem Fisch, mariniert in Zitronensaft.

Die tahitianischen Worte *Puaha oviri* bezeichnen das auf Tahiti wild lebende Schwein, mit *au four tahiti* ist die spezielle Zubereitungsart angegeben: Das Schwein wird in dem für die Insel typischen Erdofen gebacken. *Moa opapa Sauce Coco* bedeutet ›Hühnchen in Kokossauce‹; *moa* ist das tahitianische Wort für ›Hühnchen‹, der Zusatz *opapa* (ohne Schwanz) ist eventuell als Hinweis zu verstehen, daß es sich um ein Exemplar einer besonderen Hühnerart handelt. *Rôti boeuf à la française* schließlich wäre mit ›Rinderbraten auf französische Art‹ zu übersetzen.

Bleibt die Zeile *Salade !! aita* – ein weiterer Scherz Gauguins: *aita* ist die tahitianische Vokabel der Negation, was nichts anders besagt, als daß die Gäste bei diesem Mahl auf Salat verzichten mußten.

Wann genau dieses Essen stattgefunden hat, ist nicht zu ermitteln, in Betracht zu ziehen ist aber wohl nur der Zeitraum von Frühjahr 1900, als die finanzielle Lage des Künstlers sich stabilisierte, bis Sommer 1901; im September dieses Jahres verließ Gauguin Tahiti. Eine Angabe auf einer der Menukarten – »*à Punoauia Propriété Papa Ruo*« – aber gibt einen konkreten Hinweis auf den Ort des Geschehens: Mit *Punoauia* ist zweifellos Punaauia gemeint, *Papa Ruo* ist höchstwahrscheinlich die Bezeichnung Gauguins für sich selbst; das tahitianische *ruo* heißt »alt«. Demnach hätte, was ohnehin naheliegt, Gauguin, der »alte Papa«, das Essen in seinem Haus veranstaltet. Darüber, wer die elf geladenen Personen waren, läßt sich nur spekulieren. Robert Rey äußert die Vermutung, es habe sich um »(politisch) interessierte Freunde« gehandelt, die Gauguin, wie er an Monfreid schreibt, bei seiner Tätigkeit als Journalist gewonnen habe. Und es ist davon auszugehen, daß sie, wie der Maler selbst, den staatlichen und kirchlichen Behörden gegenüber sehr kritisch eingestellt waren.

Die ständigen Auseinandersetzungen mit den Behörden mögen bei dem Entschluß Gauguins eine Rolle gespielt haben, Tahiti zu verlassen und auf die etwa 1300 Kilometer nordwestlich gelegene Marquesas-Insel Hiva Oa (in der Kolonialverwaltung unter dem Namen *La Dominique* geführt) zu ziehen – ausschlaggebend waren sie gewiß nicht. In dem Aufbruch von Tahiti, wo seine »Einbildungskraft zu erkalten« beginnt, vollzieht sich vielmehr ein letztes Mal jene Gesetzmäßigkeit, die seinen bisherigen Lebensweg bestimmt hat. Noch einmal fallen in den Briefen an die Freunde die bereits bekannten Stichworte: Auf den Marquesas sei ein »billiges« Leben zu führen, ganz neue, »wildere« Elemente für seine Malerei könne er dort aufspüren, und die Einheimischen, denen sogar Kannibalismus nachgesagt wird, seien von der europäischen Zivilisation kaum »verdorben«.

In der Tat kann die Reise auf das einsam in den Weiten des Pazifik gelegene Archipel seine Schaffensfreude noch einmal stimulieren. Er äußert sich geradezu enthusiastisch über die Modelle, die er unter den Einheimischen findet, und freut sich »jeden Tag« über den Entschluß, der ihn hierher geführt habe. »Hier löst sich die Poesie von ganz allein, und es genügt, sich beim Malen dem Träumen zu überlassen«, teilt er Monfreid mit. Der künstlerische Idealzustand – zumindest kurzfristig scheint er ein letztes Mal verwirklicht. Ansonsten stellen sich jedoch auch hier bald wieder die obligaten Enttäuschungen ein: Gauguin muß feststellen, daß selbst Hiva Oa, dieses Eiland am Ende der Welt, von den zerstörerischen Einflüssen der europäischen Zivilisation nicht verschont geblieben ist. Die Missionare hätten für das Verschwinden der traditionellen einheimischen Kunst gesorgt, selbst in ihrer physischen Existenz seien die Inselbewohner bedroht. Sie böten, wie Gauguin notiert, das »traurige Schauspiel« einer »aussterbenden, meist lungenkranken Rasse, mit unfruchtbaren Hüften und die Eierstöcke durch Quecksilber zerstört«. Tatsächlich war seit der Entdeckung der Marquesas-Inseln durch den Spanier Alvaro de Mendaña im Jahre 1595 – er segelte übrigens im Auftrag des Vizekönigs von Peru – ein steter Rückgang der Bevölkerung eingetreten. Besonders dramatisch verlief diese Entwicklung in der zweiten Hälfte des 19. Jahrhunderts. Lebten im Jahre 1842 noch 20000 Menschen auf den Inseln, war 1902, als Gauguin auf Hiva Oa weilte, die Einwohnerschaft bereits auf 3500 Marquesaner geschrumpft.

Ein letztes Mal geht Gauguin daran, ein Heim für sich zu bauen. In Atuona, dem Hauptort des Archipels, erwirbt er am 27. September 1901 vom Bischof der Marquesas, Monsignore Martin, für 650 Francs ein Grundstück im Dorfkern, auf dem Brotfruchtbäume, Kokospalmen und Bananenstauden wachsen. Bis zur Vertragsunterzeichnung war er noch jeden Tag in die Messe gegangen, danach erlischt dieser ungewöhnliche Eifer schlagartig, und Gauguin sollte nie wieder die Kirche des Ortes betreten.

Mit der Hilfe von zwei einheimischen Zimmerleuten, einer von ihnen ist Gauguins Nachbar Tioka, wird in rund einem Monat sein neues, zweistöckiges Wohnhaus errichtet. Es ist etwa 12 Meter lang und 5,50 Meter breit, steht auf 2,40 Meter hohen Pfählen, wird von einem Dach aus Palmblättern bedeckt und hat im ersten Stock zwei Räume, die über eine Holztreppe erreichbar sind. Der erste, kleinere Raum dient als Schlafzimmer, der sich anschließende große, der sechs Fenster hat, als Atelier. Der vordere Teil der Fläche unterhalb des Schlaf- und Atelierbereichs wird durch Holzplatten abgetrennt, dadurch erhält Gauguin einen weiteren Atelierraum, in dem er an seinen Skulpturen arbeitet. Der hintere Teil, ebenfalls von Holzwänden umschlossen, beherbergt die Küche. Der Mittelteil bleibt nach beiden Seiten hin offen, in diesem luftigen Areal nimmt Gauguin seine Mahlzeiten ein und empfängt Gäste. Später bringt er dort auch die Kutsche unter, die er kauft, als ihm das Laufen immer schwerer fällt. An der westlichen Ecke des Hauses läßt Gauguin einen Brunnen graben und wenige Meter davon entfernt eine etwa einen halben Meter tiefe Badewanne bauen.

Im Hauptatelier im ersten Stock herrscht nach der Aussage mehrerer Besucher stets die für den Maler übliche Unordnung. Seine persönlichen Sachen sind in zwei Kommoden, abschließbaren Truhen und mehreren Regalen untergebracht, auf der Staffelei steht das Gemälde, das Gauguin gerade in Arbeit hat, weitere lehnen an den Wänden unter den Fenstern, überall befinden sich Malutensilien, irgendwo mitten im Raum ruht auf dem Fußboden ein kleines Harmonium, zwischen Leinwänden stehen Gauguins Mandoline und Gitarre. Die Wände des Ateliers sind mit Kunstreproduktionen, erotischen Fotografien und, von den Besuchern besonders bestaunt, mit »anatomischen Schaubildern von Sexualorganen« geschmückt. Über dem Eingang zum Schlafzimmer sind in den Türsturz die Worte *Maison du Jouir* – ›Haus der Wonnen‹ – eingeschnitzt.

Der Name seines Hauses ist für Gauguin Programm und beständige Aufforderung. Er genießt, fast atemlos, die Freuden, die ihm die Malerei, die sinnliche Liebe, das Essen und der Alkohol gewähren. Er läßt junge Mädchen zu sich kommen, die ihm erst Modell sitzen und dann oft auch in der Nacht Gesellschaft leisten. Zwei Monate nach seiner Ankunft überzeugt er die Eltern der vierzehnjährigen Vaeoho Marie-Rose, sie aus der katholischen Schule zu nehmen

und ihm als *Vahine*, als Geliebte, anzuvertrauen. Nicht nur damit macht er sich bei der Mission und den Behörden unbeliebt. Seine freizügige Austeilung von scharfen alkoholischen Getränken an Einheimische erregt beträchtliches Mißfallen bei den Hütern der staatlichen und sittlichen Ordnung, und noch mehr seine Aufforderungen zur Unbotmäßigkeit, etwa die Steuern nicht zu bezahlen.

Sein eigener Konsum von Alkoholika nimmt in dieser Zeit bedrohliche Ausmaße an. Zum Essen, das ihm sein Koch Kahui, ein Neffe seines Nachbarn Tioka, bereitet, trinkt er Rotwein, in Maßen, wie es heißt. Das gilt jedoch nicht für den Absinth, den er nahezu den ganzen Tag über konsumiert. Um ihn ständig gekühlt genießen zu können, hat er sich eine höchst sinnreiche Vorrichtung einfallen lassen. Timo, ein anderer Neffe Tiokas, berichtet: »Von seinem Atelierfenster aus legte Gauguin seine Flasche Absinth und einen Tonkrug mit Hilfe einer Bambusstange und einer Angelleine zur Kühlung in seinen Brunnen, so daß er seine Arbeit kaum unterbrechen mußte. Von Zeit zu Zeit sah man ihn im Fensterrahmen erscheinen, die Bambusstange ergreifen und die Absinthflasche nebst Krug aus dem Brunnen fischen, um sie nur kurze Zeit später wieder im Brunnen zu versenken.« Seine stattlichen Vorräte an hochprozentigen Getränken teilt Gauguin gern mit den Freunden, die er unter den Kolonisten gefunden hat – alle als oppositionelle Geister und tüchtige Trinker bekannt. Der ehemalige Unteroffizier Emile Frébault etwa, nun Besitzer eines Ladens an der Hauptstraße von Atuona unweit von Gauguins Haus, erzählt, daß der Maler oft schon gegen elf Uhr morgens an die Grenze seines Grundstückes kam und ihn zu einem Gläschen Absinth einlud, aus dem bei den langen Gesprächen, die sie führten, meist mehrere wurden.

Aus erhaltenen Dokumenten der *Société Commerciale de l'Océanie*, einem Handelsunternehmen mit dem Stammsitz Hamburg, das in Atuona einen Außenposten hatte, geht hervor, in welch rauhen Mengen Gauguin Alkoholika bezog. Allein für die ersten vier Monate des Jahres 1903 sind »202 Liter Rotwein; 10 Liter Absinth; 10 Liter Rum; 5 Liter nicht näher bezeichnete alkoholische Getränke; 80 Flaschen Bier« verzeichnet, die an ihn geliefert wurden. Diese Unterlagen belegen darüber hinaus, daß Gauguin,

Das rekonstruierte ›Haus der Wonnen‹ in Atuona auf Hiva Oa

obwohl ihm die Einheimischen häufig frische Nahrungsmittel, vor allem Fisch und Gemüse brachten, noch immer Produkte aus dem heimischen Frankreich bevorzugte, auch wenn sie natürlich nur in konservierter Form zu erhalten waren. Neben Reis, Kartoffeln, Zwiebeln und Knoblauch kaufte er unter anderem große Mengen von Büchsen mit Butter, Spargel, Erbsen, Bohnen, Sardinen, Rindfleisch, Kutteln, außerdem Trockenfisch und Pökelfleisch. Anders als auf Tahiti, wo er sich zeitweise nur von Reis und Wasser ernährt hat – wenn man den diesbezüglichen Äußerungen in seinen Briefen Glauben schenken will –, war seine Versorgung mit Lebensmitteln hier auf den Marquesas mehr als reichlich. Ob er sich dabei auch gesund ernährte und beispielsweise genügend Vitamine zu sich nahm, muß allerdings angesichts des Mangels an Obst und frischem Gemüse bezweifelt werden.

Solch reichhaltige Lieferungen konnte er sich freilich nur leisten, weil seine finanziellen Verhältnisse sich durch den Vertrag mit dem Galeristen Vollard erheblich verbessert hatten. Nach den Buchungsbelegen der *Société Commerciale de l'Océanie* hat Gauguin jedes Jahr Ausgaben von über 5000 Francs gehabt, damals eine beträchtliche Summe. Gemessen an den Verhältnissen in der Kolonie, führte Gauguin, obwohl er sich häufig über ausbleibende Zahlungen beklagte, in den letzten drei Jahren vor seinem Tod das Leben eines wohlhabenden Mannes.

Es war ihm allerdings nicht vergönnt, den so lange herbeigesehnten Zustand der finanziellen Sicherheit unbeschwert zu genießen. Mochte die materielle Armut, die ihn zutiefst beschämt hatte, über die er sich oft aber auch lauthals beklagte, hinter ihm liegen; die Bedürftigkeit der Seele, seine Einsamkeit, konnte er nicht überwinden – trotz der Geliebten, die bei ihm wohnte, trotz der Freunde, die ihn oft besuchen kamen. Emile Frébault berichtet, daß Gauguin bei den vielen Gläsern Absinth, die sie zusammen leerten, immer wieder lange von seiner Frau, seiner Familie, von den Künstlerkreisen in Paris gesprochen habe. In seinen Gedanken und Träumen weilte der Maler oft nicht mehr auf der Südseeinsel, sondern in Europa, in der Vergangenheit. Vor allem aber waren es seine Krankheiten, die ihm zusetzten. Hier auf Hiva Oa, in der letzten Etappe seines Lebens, gelang es ihm zwar noch einmal, seine Kräfte zu sammeln, eine künstlerisch fruchtbare Periode einzuleiten und sich den Genüssen des Daseins zu überlassen, zur gleichen Zeit gewannen aber auch die zerstörerischen Energien, die schon lange in ihm wirkten, die Oberhand. Das ›Haus der Wonnen‹ – es war auch, in mehr als einer Hinsicht, ein ›Haus des Leids‹.

Die Krankengeschichte Paul Gauguins ist von beeindruckender Länge und, möchte man hinzufügen, so abwechslungsreich und exotisch wie sein Leben. Dabei war seine allgemeine Konstitution ausgezeichnet – und das mußte sie wohl auch sein, um all das erdulden zu können, was ihm noch bevorstand. Kälte hat er wohl nie gut vertragen, in Europa stellen sich im Winter regelmäßig hartnäckige Katarrhe ein, Ende des Jahres 1886 zwingen sie ihn zu einem Krankenhausaufenthalt von fast vier Wochen. Im Jahr darauf infiziert er sich in Panama mit Malaria und Ruhr, über ein Jahr leidet er unter stetig wiederkehrenden Leberschmerzen. Bei seinem ersten Aufenthalt in Tahiti speit er Blut – »ein Viertelliter pro Tag« –, eine Herzschwäche tritt auf, die mit einer Digitaliskur im Krankenhaus von Papeete behandelt wird. Danach plagen ihn häufig Magenbeschwerden, er nimmt stark ab, lebt zeitweise nur von »Brot und Tee«. Zurück in Frankreich, beklagt er sich in Briefen an seine Frau über »rheumatische Schmerzen, die sich von der rechten Schulter bis in die Hand hinziehen«, und über eine chronische Bronchitis. Nachdem ihm in der Bretagne das rechte Bein direkt über dem Knöchel gebrochen wird, ist er zwei Monate bettlägerig, die starken Schmerzen betäubt er mit Morphium und Alkohol. Der Heilungsprozeß verläuft ungünstig, den Rest seines Lebens wird Gauguin Schmerzen im Bein verspüren, zudem bleiben Wunden, die immer wieder aufbrechen.

Schon in der Bretagne zeigt sich bei Gauguin der rote Ausschlag der Syphilis, die er sich vermutlich in Paris zugezogen hat. Als er wieder in Tahiti ist, verbreiten sich Ekzeme über beide Beine, die er bandagiert. Wahrscheinlich deshalb – Lepröse verbargen die erkrankten Körperteile unter Tüchern – hegen die Einheimischen und einige Bekannte Gauguins den Verdacht, er leide an Lepra. Im Sommer 1897 tritt eine schwere doppelseitige Bindehautentzündung auf, Schwindelanfälle und Fieberattacken suchen ihn heim, auch die Herzbeschwerden verschlimmern sich. Ein »trauriges und böses Abenteuer« sei seine Reise nach Tahiti, schreibt Gauguin in dieser Zeit an Monfreid. Die Verzweiflung über seine Situation ist so groß, daß sich Gauguin zum Freitod entschließt. Am 30. Dezember 1897 geht er in die Einsamkeit der Berge und schluckt Arsenik, allerdings eine so hohe Dosis, daß er sie wieder erbricht. Er überlebt; als Folge der Vergiftung quälen ihn einen Monat lang »schreckliche Schmerzen an den Schläfen, Ohnmachten und Brechreiz nach dem bescheidensten Essen«. Die letzten Jahre verschlechtert sich sein Befinden weiter; hin und wieder treten Phasen der Besserung ein, die in Gauguin sofort die Erwartung wecken, er könne seine alte Gesundheit wiedererlangen. Jedesmal aber heißt es bald darauf in seinen Briefen, er sei »kränker denn je«.

Einige Hoffnung setzt Gauguin noch auf die Homöopathie. Im Januar 1900 bittet er Daniel de Monfreid, er möge ihm »eine kleine homöopathische Apotheke mit einer ganz einfachen Anleitung schicken«. Kenntnisse in dieser Heilmethode hat sich Gauguin offenbar schon früher erworben. Bereits im Herbst 1885 rät er Mette, ihren jüngsten Sohn, der zu Erkältungen neigt, mit homöopathischen Medikamenten zu behandeln: »erst Akonit und dann Quecksilber«, das helfe sofort. Und als sein Freund Charles Laval auf Martinique an Gelbfieber erkrankt, berichtet er, daß er dessen Fieberanfälle mit homöopathischen Mitteln habe lindern können. Ob die bei Monfreid bestellte kleine »Apotheke« noch bei Gauguin eintraf, ist nicht bekannt, und ebensowenig, ob eine gegebenenfalls erfolgte Behandlung noch irgend etwas auszurichten vermochte. Mehrere seiner Bekannten bestätigen, daß sich der Maler erhebliche Mengen von Morphium spritzte, um seine Schmerzen zu betäuben; nach Auskunft eines der Neffen von Tioka war sein Gesäß »von Einstichen der Injektionsnadel mit kleinen schwarzen Flecken übersät«.

Die ergebene Hinnahme seines Schicksals, ein geduldiges Warten auf das Ende, das war Gauguins Sache nicht. Seine Leiden hinderten ihn keineswegs daran, sein Leben so fortzuführen, wie er es gewohnt war; im Gegenteil, sie spornten ihn noch zusätzlich an, seine verbliebenen Kräfte zu verausgaben, in der Malerei, im Genuß der Liebe, im Rausch. In *Vorher und Nachher* heißt es lakonisch: »Ich brauche alles.« Und Gauguin fährt mit Worten fort, die ein Motto für sein Leben sein könnten: »Schenk ein, schenk von neuem ein. Laufen, außer Atem kommen und toll sterben. Weisheit … du langweilst mich und gähnst ohne Unterlaß.«

HÄUSER DER WONNEN UND DES LEIDS

GARNELEN-KOKOSNUSSMILCH-CURRY

～

für 4 Personen:

1 kg Garnelen
*3 Tomaten,
gewürfelt*
*1 große Zwiebel,
kleingeschnitten*
1 TL Butter
3 EL Curry
*2 EL Maisstärke
(z. B. Mondamin)*
*250 ml Kokosnußmilch
(Rezept s. S. 30)*
*Petersilie,
gehackt*
Salz und Pfeffer
Öl

～

Köpfe und Schalen der Garnelen entfernen. Die Garnelen entlang des Rückens einschneiden und den dünnen schwarzen Darm herausziehen.

Die Tomaten- und Zwiebelstücke in einer Pfanne in etwas Öl anbraten. Die Garnelen und die Butter zugeben. Auf großer Flamme 2 Minuten lang unter gelegentlichem Umrühren erhitzen. Curry und etwas Wasser hinzufügen. Abschmecken und noch 5 Minuten weiterkochen lassen. Dann mit der zuvor in etwas kaltem Wasser angerührten Maisstärke binden. Vom Herd nehmen, die Kokosnußmilch dazugießen und die Petersilie darüberstreuen.

Mit fritierten Baby-Bananen, Mango-Chutney und weißem Reis servieren.

～

Hühner-Schweinefleisch-Topf mit Fafa

~

Fafa sind die Blätter der Taro-Staude, die gut durch Spinat ersetzt werden können.

~

für 4 Personen:

*1 Hühnchen (etwa 1,3 kg), in 8 Stücke zerlegt
250 g Spanferkelfleisch, in 8 Stücke geteilt
1 Zwiebel, kleingeschnitten
3 Tassen Wasser
1 Tasse frische Kokosnußmilch (Rezept s. S. 30)
1 Knoblauchzehe, zerdrückt
800 g frischer Spinat, gewaschen und kleingeschnitten
4 EL Butter
Öl
Salz und Pfeffer*

~

Die Zwiebelstückchen in einer großen Pfanne in Öl und Butter bräunen, herausnehmen und beiseite stellen. In derselben Pfanne die Fleischstücke auf allen Seiten anbraten, herausnehmen und auf Küchenpapier abtropfen lassen. Das Wasser und die Hälfte der Kokosnußmilch in einen großen Bratentopf gießen. Das Fleisch, die Zwiebelstücke sowie Knoblauch und Spinat hineingeben und nach Geschmack würzen. Zum Kochen bringen und verschlossen bei mittlerer Hitze im Backofen 40 Minuten garen. Vor dem Servieren die restliche Kokosnußmilch zugießen und erneut abschmecken.

Passende Beilagen sind Süßkartoffeln, Kochbananen und Brotfrucht.

Folgende Zubereitung orientiert sich stärker an lokalen Traditionen:

~

Ein Bananenblatt einige Minuten lang über eine Flamme halten, damit es weich und biegsam wird. Zwiebel, Knoblauch und Fleisch wie oben beschrieben anbraten und würzen. Den Spinat in kochendem Wasser 5 Minuten blanchieren und abgießen. Den Boden einer Auflaufform mit Alufolie auskleiden und das Bananenblatt darauflegen. Alle Zutaten auf die Blattmitte geben und das Blatt dicht darüber zusammenfalten. 2 Stunden lang bei mittlerer Hitze im Backofen garen.

~

Marinierter Fisch nach tahitianischer Art

∽

für 6 Personen:

*800 g frischer Thunfisch,
Goldmakrele
oder Papageifisch
4 Limonen
1/2 Gurke,
geschält und gewürfelt
1 Tomate,
entkernt und gewürfelt
1 mittelgroße Zwiebel,
grob gehackt
Salz und Pfeffer
4 TL Kokosnußmilch
(Rezept s. S. 30)*

*Salatblätter
4 reife Bananen*

∽

Den Fisch waschen und mit Küchenpapier trockentupfen. Danach in kleine Würfel schneiden, in eine Schüssel geben und die Limonen darüber auspressen. 5 Minuten marinieren. Anschließend die Hälfte des Saftes wieder herauslöffeln und die Zwiebelstücke, den Pfeffer, die Tomaten- und Gurkenstücke hinzugeben. Abschmecken, dann kurz vor dem Servieren die Kokosnußmilch zugeben und alles gut vermischen.

Den marinierten Fisch auf Salatblättern anrichten und mit Bananenscheiben servieren.

Wird der Fisch zarter gewünscht, kann man ihn bis zu 20 Minuten lang marinieren.

∽

MahiMahi-Soufflé

~

für 4 Personen:

4 frische Goldmakrelenfilets
2/3 Tasse Weißwein
1/3 Tasse weißer Wermutwein

für die Füllung:
300 g frisches Goldmakrelenfleisch
6–7 Langustenschwänze
4 Eiweiß
1 Tasse süße Sahne
Salz und Pfeffer

für die Sauce:
4 Eigelb
340 g Butter

~

*F*üllung: Das Goldmakrelen- und Langustenfleisch durch einen Fleischwolf mit dem feinsten Locheinsatz drehen. Die Masse in eine Schüssel geben und diese in eine größere, mit zerkleinertem Eis gefüllte Schüssel stellen. Nach und nach kleinere Mengen steifgeschlagenen Eiweißes unterheben. Salzen und pfeffern, dann die Sahne teelöffelweise untermischen. Abschmecken.

Fischfilets: Die Goldmakrelenfilets auf etwa 12 cm Länge und 9 cm Breite zurechtschneiden. Jedes Filet zwischen Wachspapier legen und vorsichtig flachklopfen. Auf jedes Filet 2 EL Füllung geben und es zur Mitte so einklappen, daß diese nicht herauslaufen kann. Die Päckchen verschnüren und in einer großen flachen Pfanne in der Weißwein-Wermutwein-Mischung 15 Minuten pochieren. Zudecken und warm stellen.

Sauce: Die Eigelbe in einem Saucenpfännchen aufschlagen. Dann 3 EL der heißen Pochierflüssigkeit unterrühren. Auf sehr kleiner Flamme unter ständigem Rühren erhitzen – nicht kochen lassen –, bis die Sauce eindickt, dabei aber leicht und cremig bleibt. Währenddessen nach und nach die Butter zugeben. Abschmecken.

Die Fischpäckchen mit einem Schaumlöffel aus der Pochierflüssigkeit heben und gut abgetropft auf eine angewärmte Servierplatte legen. Die Sauce darübergießen und sofort servieren.

~

Firi-Firi

für etwa 20 Stück:
4 Tassen Mehl
1 1/2 Tassen Wasser
2 EL Trockenhefe
2 Tassen frische Kokosnußmilch
(Rezept s. S. 30)
2/3 Tasse Zucker
Salz
Erdnußöl
zum Fritieren

Die Hälfte des Wassers mit 1 Tasse Mehl und der Hefe in einer Schüssel verrühren, bis ein fester Teig entstanden ist. Eine Stunde gehen lassen.

Das restliche Mehl, die Kokosnußmilch, den Zucker, eine Prise Salz und eine 3/4 Tasse Wasser zu dem gegangenen Teig geben. Alles leicht verkneten und zu einer Kugel rollen. Weitere zwei Stunden ruhen lassen.

Aus dem Teig etwa 20 Kringel oder Achten formen. Diese nochmals 30 Minuten beiseite stellen. Das Öl bei mittlerer Temperatur in einem Topf oder einer Friteuse erhitzen. Dann die Teigstücke in kleinen Portionen hineingeben. Bei Bedarf wenden und solange ausbacken, bis das Gebäck goldbraun ist. Gut abtropfen lassen und mit Zucker bestreuen. Noch heiß servieren.

KOKOSNUSS-
BROT

∽

für ein Brot von ca. 750 g:
8 Tassen Mehl
2 TL Trockenhefe
1 1/2 Tassen Wasser
2/3 Tasse Zucker
2 Tassen frische Kokosnußmilch
(Rezept s. S. 30)
1 EL zerlassene Butter

∽

In einer großen Rührschüssel 1 1/4 Tassen Mehl, 1 TL Trockenhefe und eine 2/3 Tasse Wasser zu einem glatten Teig verarbeiten. Diesen eine Stunde gehen lassen.

Danach die restlichen Zutaten bis auf die Butter dazugeben und gründlich einkneten.

Eine Backform mit der Butter einfetten und mit Mehl bestäuben. Den Teig in die Form geben und mit einem Handtuch zugedeckt an einem warmen Ort drei Stunden gehen lassen.

Im Backofen bei mittlerer Hitze etwa 30–35 Minuten backen.

∽

Paul Gauguin,
Frauen mit weißem Pferd, 1903,
Museum of Fine Arts, Boston

Legende zu Lebzeiten

Mit seiner radikalen Absage an die konventionelle Lebensführung des europäischen Bürgers, mit dem Anspruch, unter ›Wilden‹ eine eigene Form künstlerischer Existenz zu schaffen, hat Paul Gauguin nicht nur seine Familie, viele Freunde und die meisten seiner Zeitgenossen überfordert. Am äußersten Rand der ›zivilisierten‹ Welt, auf einer abgeschiedenen Insel inmitten des Pazifischen Ozeans muß er einsehen, daß auch er selbst an seine Grenzen gestoßen ist. Im August des Jahres 1902 spricht er zum ersten Mal in einem Brief an Daniel de Monfreid die Möglichkeit an, die Marquesas zu verlassen: »Denn wenn ich wirklich mit dem chronischen Ausschlag an beiden Füßen, der mir große Schmerzen verursacht, unheilbar bleibe, dann ist es besser, ich kehre der Luftveränderung wegen heim.« Und er entwirft schon neue Pläne; er wolle sich in der Nähe von Monfreid in den Pyrenäen niederlassen und dort »neue Elemente« für seine Malerei suchen.

Die Reaktion seines Freundes – und es besteht kein Zweifel daran, daß Monfreid zu den wenigen echten Freunden Gauguins zählte – fällt überraschend aus. In einem ersten Antwortschreiben äußert er zwar Verständnis für das ›Heimweh‹ des Malers nach Frankreich, gibt aber zu bedenken, daß er in Europa wieder unter den Lastern der Zivilisation und überdies unter dem dort herrschenden elenden Klima zu leiden haben würde. In einem weiteren, einen Monat darauf geschriebenen Brief wird Monfreid deutlicher. Eine Rückkehr, so führt er aus, sei nicht anzuraten, denn sie würde sich nur negativ auf die sich gerade neu orientierende öffentliche Meinung auswirken. Im Moment gelte er als »dieser seltsame, legendäre Künstler, der aus der Tiefe Ozeaniens seine bestürzenden, unnachahmlichen Werke schickt, endgültige Werke eines großen Mannes, der sozusagen aus der Welt verschwunden ist«. Dann folgen die berühmt gewordenen Sätze: »Kurz, Sie genießen die Unantastbarkeit der großen Toten, Sie sind in die Kunstgeschichte eingegangen.«

Es ist eine für Gauguin in der Tat bittere Ironie – man akzeptiert die von ihm so ausdauernd gespielte Rolle des Außenseiters, des ›Wilden‹, in dem Augenblick, in dem er sie selbst nicht mehr zu tragen imstande ist. Die unverblümte Aufforderung, nicht nach Frankreich zurückzukommen, auf seinem Posten in der Südsee auszuharren, verschiebt die Grenze, an der sich Gauguin während seines Künstlerlebens bewußt und gewollt fortwährend aufgehalten hat, nun ohne sein Zutun um ein kleines, aber entscheidendes Stück: Er wird dadurch aus der Welt gedrängt, die er immer auf Distanz zu halten bestrebt war und die ihm gleichwohl als unverrückbarer Bezugspunkt diente. Am Ende seines Lebens verstrickt sich Paul Gauguin in die eigene Legende, er fällt dem Mythos zum Opfer, den er selbst konstruiert hat. Und er muß schließlich erfahren, daß die bürgerliche Gesellschaft den Künstler mit der gleichen Gnadenlosigkeit lobt, wie sie ihn verachtet: Wen sie in den Rang der Unsterblichkeit zu erheben beabsichtigt, der hat sich tunlichst nicht als Lebendiger in laufende Verfahren einzumischen – »Unantastbarkeit« wird nur den Toten gewährt.

Bleibt noch das faktische Ende des Künstlers nachzutragen. Am 8. Mai 1903, gegen elf Uhr vormittags, findet Pastor Paul-Louis Vernier, der Leiter der kalvinistischen Mission in Atuona, Paul Gauguin leblos in seinem Bett vor. Neben dem Bett liegt eine Ampulle Morphium. Man vermutet, daß er eine Überdosis des Betäubungsmittels zu sich genommen hat und einem Herzversagen erlegen ist; eine Überprüfung der Annahme durch eine Obduktion erfolgt nicht. In verdächtiger Eile wird, auf Betreiben des katholischen Bischofs, schon am nächsten Tag um zwei Uhr nachmittags der Leichnam Paul Gauguins auf dem katholischen Friedhof von Atuona beigesetzt – so als wolle man noch nachträglich eine Existenz entschärfen, die bis zuletzt eine Herausforderung war für jede, sei es staatliche oder kirchliche Ordnung.

Literaturverzeichnis

BECKER, Christoph: Paul Gauguin – Tahiti. Mit Beiträgen von Christofer Conrad, Ingrid Heermann und Dina Sonntag (Katalogbuch zur Ausstellung »Paul Gauguin – Tahiti« in der Staatsgalerie Stuttgart vom 7. Februar bis zum 1. Juni 1998), Ostfildern 1998

BITTERLI, Urs: Die ›Wilden‹ und die ›Zivilisierten‹. Grundzüge einer Geistes- und Kulturgeschichte der europäisch-überseeischen Begegnung, München ²1991

BOUGAINVILLE, Louis-Antoine de: Reise um die Welt. Hrsg. von Klaus-Georg Popp, Stuttgart 1980

CHASSÉ, Charles: Le sort de Gauguin est lié au krach de 1882. In: Connaissance des Arts, Februar 1959, S. 40–43

DANIELSSON, Bengt: Gauguin in the South Seas, London 1965

DANIELSSON, Bengt: Vergessene Inseln der Südsee. Die Marquesas, Wien 1955

ECHENIQUE, José Rufino: Memorias para la historia del Peru (1808–1878), Lima 1952

EHRHART, Sabine: Die Südsee. Inselwelten im Südpazifik, Köln 1993

FORSTER, Georg: Reise um die Welt. Hrsg. von Gerhard Steiner, Frankfurt am Main 1983

GAUGUIN. Katalog der Ausstellung in den Galeries nationales du Grand Palais, 10 janvier–24 avril 1989. Hrsg. von der Réunion des Musées Nationaux, Paris 1989

GAUGUIN, Paul: Briefe. Hrsg. von Maurice Malingue, Berlin 1960

GAUGUIN, Paul: Briefe. Hrsg. von Hans-Günther Pawelcik, Fischerhude 1989

GAUGUIN, Paul: Vorher und Nachher. Aus dem Manuskript übertragen von Erik-Ernst Schwabach, München 1920, Neuauflage: Köln 1998

GAUGUIN, Paul: Noa Noa. Aus dem Französischen übersetzt von Luise Wolf, Frankfurt am Main 1957

GAUGUIN, Paul: Noa Noa. Text herausgegeben und kritisch kommentiert von Pierre Petit, München 1992

GAUGUIN, Pola: Mein Vater Paul Gauguin, Leipzig 1937

GOGH, Vincent van: Briefe an seinen Bruder Theo. Zwei Bände, Leipzig 1997

GOLDWATER, Robert: Paul Gauguin, Köln 1989

HOLLMANN, Eckhard: Paul Gauguin. Bilder aus der Südsee, München/New York 1996

HOOG, Michel: Paul Gauguin. Leben und Werk, München 1987

HUYGHE, René: Gauguin, Bindlach 1993

INBODEN, Gudrun: Mallarmé und Gauguin: Absolute Kunst als Utopie, Stuttgart 1978

KOEBNER, Thomas: Das verbotene Paradies. Fünf Anmerkungen zum Südsee-Traum in der Literatur. In: Arcadia 18 (1983), S. 21–38

KOELTZSCH, GEORG-W. (Hrsg.): Paul Gauguin – Das verlorene Paradies (Katalogbuch zur Ausstellung im Folkwang Museum Essen, 17. Juni bis 18. Oktober 1998), Köln 1998

MALLARMÉ, Stéphane: Sämtliche Dichtungen. Französisch und deutsch. Mit einer Auswahl poetologischer Schriften, München 1992

MELVILLE, Herman: Taipi, Köln 1997

PAUL GAUGUIN 1848–1903. Hrsg. von Marla Prather und Charles F. Stuckey, Köln 1994

PERRUCHOT, Henri: Gauguin. Eine Biographie, Frankfurt am Main 1994

PICKVANCE, Ronald: Gauguin und die Schule von Pont-Aven, Sigmaringen 1997 (Katalog zur Ausstellung ›Gauguin und die Schule von Pont-Aven‹ im Museum Würth, Künzelsau vom 2. März bis 1. Juni 1997)

REWALD, John: Von Van Gogh bis Gauguin. Die Geschichte des Nachimpressionismus, Köln 1967

REY, Robert: Onze menus de Paul Gauguin, Genf 1950

ROHDE, Petra A.: Paul Gauguin auf Tahiti. Ethnographische Wirklichkeit und künstlerische Utopie, Rheinfelden 1988

TODD, Pamela: Die Tafelfreuden der Impressionisten, München 1997

TRISTAN, Flora: Les pérégrinations d'une paria (1833–1834), Paris 1979

»Ihr leichten Brisen von Süd und Ost, die ihr euch über meinem Haupt zu Spiel und Liebkosung vereinigt! Beeilt euch und lauft gemeinsam zur anderen Insel; dort werdet ihr denjenigen finden, der mich verlassen hat, im Schatten sitzend, zu Füßen seines Lieblingsbaumes. Sagt ihm, daß ihr mich in Tränen gesehen habt.«

›Noa Noa‹, *Paul Gauguin nach Moerenhout*

Dank

Verlag, Herausgeber und Autoren danken für freundliche Unterstützung:

Bretagne:

ELLEN FONTAINE, Le Pouldu – für die Beschaffung und Übersetzung alter bretonischer Rezepte

JACQUELINE PORTIER, Hotel Du Pouldu, Le Pouldu – für die Rezepte und Zubereitung der Gerichte

ORGANISATION ›Les Amis de la Maison Marie Henry‹, Le Pouldu – für die Genehmigung zu Fotoaufnahmen

CRÊPERIE CHEZ ANGÈLE, Riec sur Belon

KOSTÜMGRUPPE Cercle Celtique ›Karollerien – Laïta‹, Maïwenn LeMeurlay und Cathérine Pann

Südsee – Tahiti und Hiva Oa:

GILLES ARTUR, Direktor des Gauguin-Museums in Papeari auf Tahiti

JEAN-MARC MOCELLIN, Generalmanager des Tahiti Beachcomber Parkroyal Hotel und seinen Mitarbeitern Philippe Tisiot und Fred Galé, Chef des Cuisines

THIERRY BROVELLI, Directeur Adjoint des Moorea Beachcomber Parkroyal Hotel

JEAN GALOPIN, Maître Cuisinier de France und Chef der Auberge du Pacifique, Panaauia/Papeete

RESTAURANT HOA-NUI, Atuona auf Hiva Oa, sowie

PETRA JULING für die Übersetzung der Rezepte aus dem Englischen und Französischen.

Fotonachweis

Baltimore, Baltimore Museum of Art S. 103
Basel, Galerie Beyeler S. 43
Boston, Museum of Fine Arts S. 138
Edinburgh, National Gallery of Scotland S. 20, 45
Essen, Archiv Museum Folkwang S. 117, 118/119, 121
Köln, Archiv DuMont Buchverlag S. 6, 11, 22/23, 56, 59, 74, 101, 107, 113
München, Staatliche Graphische Sammlung S. 95
Oslo, Nationalgalerie S. 13
Papeete/Tahiti, Fotosammlung Palacz S. 98/99
Paris, Photographie Giraudon Umschlagabbildung, S. 1, 54, 76, 86
Paris, Réunion des Musées Nationaux S. 71
Paris, H. Roger-Viollet S. 29, 35
Peißenberg, Artothek S. 4
Pont-Aven, Photothèque du Musée de Pont-Aven S. 36/37

Alle weiteren in diesem Band enthaltenen Fotografien stammen von Gregor M. Schmid, Rezeptaufnahmen: Food-Stylistin Helga Schmid

Impressum

Die Deutsche Bibliothek – CIP-Einheitsaufnahme

Kaiser, Diethelm:
Tafel der Wonnen :
auf den Spuren von Paul Gauguin /
Text: Diethelm Kaiser.
Fotogr.: Gregor M. Schmid.
Hrsg.: Georg-W. Költzsch. –
Köln : DuMont, 1998
ISBN 37701-4580-1

Originalausgabe
Alle Rechte vorbehalten
© 1998 DuMont Buchverlag, Köln

Produktion und grafische Gestaltung:
Silvia Cardinal und Peter Dreesen

Reproduktionen:
Eichhorn, Frankfurt/M., und
Atelier 13, Kaarst
Druck: Rasch, Bramsche
Buchbinderische Verarbeitung:
Bramscher Buchbinder Betriebe

Printed in Germany
ISBN 37701-4580-1